rowohlt

Nicholson Baker

Eine Schachtel Streichhölzer

Roman

Deutsch von Eike Schönfeld

Rowohlt

Die Originalausgabe erschien 2003
unter dem Titel «A Box of Matches» bei
Random House, Inc., New York

Redaktion Hans Georg Heepe

1. Auflage März 2004
Copyright © 2004 by Rowohlt Verlag GmbH,
Reinbek bei Hamburg
«A Box of Matches» Copyright © 2003 by Nicholson Baker
Alle deutschen Rechte vorbehalten
Satz Adobe Garamond PostScript QuarkXPress 4.1
bei KCS GmbH, Buchholz/Hamburg
Druck und Bindung Clausen & Bosse, Leck
Printed in Germany
ISBN 3 498 00627 4

Für Margaret

1

Guten Morgen, es ist Januar und es ist 4.17 Uhr, und ich bleibe nun hier im Dunkeln sitzen. Ich bin im Wohnzimmer in meinem blauen Bademantel und habe einen Sessel vor den Kamin gezogen. Im Augenblick kann man noch nicht von einer offenen Flamme sprechen, weil die untere Schicht aus zerknüllten Zeitungen und Küchenkrepppröhren heruntergebrannt und das Holz noch nicht richtig in Gang gekommen ist. Ich blicke daher in eine irgendwie orange Gluthöhle, vergleichbar dem Lottermaul eines Ungeheuers, voller halb zerkauter, glimmender Brocken Feuerfleisch. Wenn es sehr dunkel ist wie jetzt, kommen einem die Maßstäbe abhanden. Manchmal glaube ich, ich steuere ein Raumschiff in eine gigantische Spalte auf einem dunklen, fernen Planeten hinein. Die Planetenkruste bricht zusehends auf, daraus quillt ein unterirdischer Lavasee. Kontinente kippen und versinken wie schmelzende Eisberge, ich muss mit meiner äußerst wendigen Rakete hineinfliegen und die Kolonisten retten, die dort festsitzen.

Vergangene Nacht wurde mein Schlaf von einem Zehenloch in einer Socke gestört. Ich hatte von dem Loch gewusst, als ich morgens die Socke – es war eine weiße Röhrensocke – anzog, aber tagsüber stört mich ein Loch kaum. Ich kann Socken mit einer fürchterlichen Heckluke tragen und tue es auch, dann ragt die ganze Ferse wie ein Tafelbrötchen heraus. Nachts dagegen erwachen die Ränder des Lochs zum Leben. Gestern Abend begann gegen halb zehn Uhr, ich las gerade meinen Gedichtband von Robert Service, der Lochrand die beiden Zehen, die hindurchragten, zu kitzeln und zu plagen. Ich versuchte, die Zehen zurückzuziehen und mit ihnen etwas vom Rand der Socke zu erfassen, es über die Öffnung zu ziehen wie eine zu kleine Decke, die vom Bett gerutscht ist, aber es klappte nicht – das klappt fast nie. Da wusste ich schon, später, nach Mitternacht, würde ich aufwachen und die Kühle des Lakens auf jenen beiden nackten Zehen spüren, und das würde mich stören, wobei jene Kühle mich nicht stören würde, wäre der ganze Fuß entblößt. Als Folge des Zehenlochs würde ich nicht mehr schlafen können, und das wollte ich nicht, weil ich mir vorgenommen hatte, um vier Uhr morgens aufzustehen.

Zum Glück hatte ich gestern Abend eine Alternative. Ich hatte eine saubere Röhrensocke mit ins Bett genommen, als Maske über die Augen, falls Claire noch lesen wollte. Zum Einschlafen brauche ich Dunkelheit. Ich habe von meinem Großvater eine Augenmaske aus dicker schwarzer Seide, wahrscheinlich aus den dreißiger Jahren, aber die riecht nach meinem Großvater, jedenfalls nach dem Innern seines Nachttischs. Das Gute daran, sich eine Socke über die Augen zu ziehen, ist, dass sie ein Provisorium ist. Wenn man sich bewegt, rutscht die Socke vom Kopf, aber da ist man dann schon eingeschlafen, und sie hat ihren Zweck erfüllt.

Als das Loch in der Socke an meinem Fuß unerträglich wurde, langte ich hinunter, zog sie mit einem sauberen Ruck aus und schmiss sie in die Richtung des Abfalleimers durchs Zimmer – wenngleich ich sagen muss, dass der Anblick eines Stücks Unterwäsche, das man über viele Tage und Jahre mit dem eigenen Körper abgenutzt und gewärmt hat, zerknüllt im Abfall etwas beinahe schmerzlich Unangemessenes hat. Sodann zog ich über meinen nackten Fuß die frische Socke, die ich auf dem Gesicht gehabt hatte. Und das war so gut: O Mann, war das gut, richtig gut. Ich schob meinen frisch umhüllten Fuß wieder in die abgelegene Region der Laken, zog die dicken Wolldecken um mich und krümmte dann eine Hand und legte sie mir über die Augen, wo die Socke gewesen war, so wie eine Katze die Pfote. Schließlich kam Claire ins Bett. Ich hörte ihre Nachttischlampe anklicken und die Seiten ihres Buches rascheln, und dann drehte sie sich herum, damit wir uns einen Gutenachtkuss geben konnten. «Du hast die Hand über den Augen», sagte sie. Ich murmelte. Dann drehte sie sich wieder um und schob ihren warmen Pyjamahintern zu mir her, und ich steuerte, die Hand auf ihrer Hüfte, durch die Nacht, und ehe ich's mich versah, war es vier Uhr und Zeit, aufzustehen und Feuer zu machen.

2

Guten Morgen, es ist 3.57 Uhr, und ich kaue einen Apfel. Ich heiße Emmett, ich bin vierundvierzig und verdiene meinen Lebensunterhalt als Lektor medizinischer Lehrbücher. Ich habe eine Frau, Claire, und zwei Kinder. Als ich gestern hier Feuer machte, knipste ich eine Tischlampe an, um zu sehen, was ich da tat. Das war ein Fehler. Man muss im Dunkeln Feuer machen: Es muss seine eigene Lichtquelle werden. Überhaupt muss man so viel wie möglich im Dunkeln machen, auch den Kaffee, denn wenn man Licht macht, wird das limbische System in die wache Welt gezerrt, und das will man ja nicht.

Heute Morgen machte ich das Feuer also nach Gefühl. Der Mond schien nicht, oder er war von Wolken verdeckt; ich konnte nicht einmal sehen, wo der Kamin war: Es war nur ein leeres Kälteloch in der Schwärze. Ich legte vier Knäuel aus Zeitungspapier hinein, zerriss eine Pizzaschachtel, legte die auseinander gerissenen Streifen darauf und darauf einige getrocknete Apfelzweige und obendrauf ein paar dickere Klötze – eigentlich ist es, als würde man ein Sandwich belegen, nur dass der Salat ganz unten ist. Ich zog ein Streichholz von dem Briefchen, das lag, wo es sein sollte, auf dem Ascheimer, spürte den negativen Knuff, als die Pappfasern sich ruckartig lösten, und wollte es schon anreißen, als ich mich entschied, noch zu warten. Ich wollte sehen, wie das Feuer anging und sich stabilisierte, aber ich wollte dabei zusehen, während ich meinen Kaffee schlürfte. Also legte ich das Streichholz neben das Briefchen und tastete mich zur Küche. Auf dem Fußboden im Esszimmer war ein sehr schwacher grüner Lichtkreis, den ich zunächst für eine abgelenkte Reflexion einer entfernteren Straßenlampe hielt, aber dann erkannte ich, dass er von dem winzigen grünen Birnchen im Rauchmelder an der Decke kam.

Ich öffnete den Wandschrank und tastete nach einer Becherrundung. Ich zog nicht gleich einen Becher vom Bord, da wir manchmal Becher auf Becher stapeln, wobei wir sie leicht schräg stellen, damit der oberste Halt findet, und wenn ich achtlos einen Becher herauszog, konnte einer der Becher aus der Oberschicht herunterfallen. Doch meine Krakenfinger entdeckten in der Umgebung nichts Instabiles, also zog ich den Becher vom Bord. Welcher war es? Ich hatte keine Ahnung, welche Farbe er hatte. Ich konnte mit den Fingern das eingebrannte Muster ertasten, aber nicht erkennen, welches es war. Wir haben einige Becher aus Eisenbahnmuseen; ich dachte, vielleicht ist es einer von denen.

Die Spüle war eine fahle Form, über der vermutlich die Mischbatterie war: Ich hielt den Becher an eine Stelle, die meinem Empfinden nach unter dem Hahn war, ließ Wasser hineinlaufen und trank. Man sollte den Tag immer mit einem Schluck Wasser beginnen. Dann machte ich Kaffee, ebenfalls nach Gefühl, und jäh heulte Licht auf, als ich den

Kühlschrank öffnete, um Milch für meinen Kaffee herauszuholen; danach ging ich wieder hier herein und stellte den Kaffee auf den Ascheimer. Es war Zeit für das Feuer.

Ich tastete nach dem einzelnen Streichholz, das ich bereitgelegt hatte. Es war nicht da. Ich hatte es wohl weggewischt, als ich den Becher abstellte. Kein Problem – rasch fand ich das Streichholzbriefchen und öffnete es. Ah, aber dann ertasteten meine Finger nichts als Pappstümpfe, wie eine Reihe Kinderzähne, die gerade herauskamen. Es war das letzte Streichholz im Streichholzbriefchen gewesen

Aber um Feuer zu machen, brauchte ich ein Streichholz. Ich ging wieder ins Esszimmer. Auf dem Kaminsims im Esszimmer steht normalerweise eine kleine japanische Schale mit ein paar Streichholzbriefchen drin, weil wir dort Feuer machen, wenn Leute zum Essen kommen. Ich begann an der rechten Seite des Simses und machte kleine Finger-Bündel-Bewegungen – Streichholzschale, Streichholzschale? Ich kam an einen kleinen Glasgegenstand, in dem eine kurze, gedrungene Kerze steckte. Da die Kerze schon einmal gebrannt hatte, war der Docht sehr gerade und hart, und sein Ende bröselte ein wenig, als mein Finger drankam. Ein Stückchen weiter war eine Schale, die ich für die richtige hielt, aber darin war etwas Getrocknetes, vermutlich Rosenblütenblätter – es fühlte sich an wie eine Schale Special K. Ich war auf dem Sims zu weit vorgedrungen, also tastete ich wieder zurück, ganz vorsichtig, falls da ein Nippesteil stand, das ich herunterstoßen konnte. Ich kam an eine halb vertikale Kurvenform und erinnerte mich, dass dort ein alter Teller lehnte. Ich konnte mir das Muster auf dem Teller nicht vorstellen. Claire liebt Porzellan, aber ich kann mir nur das Porzellan merken, das wir täglich benutzen.

Nein, auf dem Kaminsims im Esszimmer konnte ich keine Streichhölzer finden, und das bedeutete, dass ich wieder in die Küche gehen und nachsehen musste, ob welche hinten auf dem Herd lagen. Das hätte mir gleich einfallen sollen. Behutsam tastete ich mich die Oberfläche entlang über die Herdknöpfe, vorbei an den kühlen Facetten der Salz- und Pfefferstreuer, und schließlich gelangte ich an eine Form, die sich bewegte, als ich sie berührte: die rote Streichholzschachtel, die da auf der Seite stand.

Ich ging zurück ins Wohnzimmer und setzte mich in den Feuersessel, dann schob ich die Schublade der Schachtel auf, wobei ich beide Seiten der inneren Gleitschachtel befühlte, als sie herauskam, um sicherzugehen, dass ich sie nicht verkehrt herum aufmachte, wodurch die Streichhölzer dann plingend herausfallen würden, und holte ein Streichholz heraus und rollte seinen kantigen Stiel zwischen den Fingern. Als ich es in der Tiefe des Dunkels anriss, konnte ich den Löwenzahnkopf kleiner Funken sehen, die von dem Streichholzkopf abschossen, und die eifrig winkenden Arme der neuen Flamme, bis sie sich wieder beruhigte. Das Streichholz flammte mehr auf der dem Anreißen abgewandten Seite auf. Oder stimmt das gar nicht – ist die Flamme auf der Seite größer, die Kontakt mit der Reibfläche gehabt hat? Ich hielt die kleine Flamme die ganze Front entlang an die festonierten Säume der geknüllten Zeitungsklumpen, worauf das Feuer unter die drei Scheite kroch, und bald konnte ich seine Wärme an den Schienbeinen spüren.

3

Guten Morgen, es ist 4.45 Uhr, und heute saß ich, nachdem ich Feuer gemacht hatte, zehn Minuten einfach so da, ohne etwas zu tun. Immer wieder gähnte ich, wobei ich mich in meinem Sessel vorbeugte, die Ellbogen auf den Knien und die Hände gefaltet. Manchmal gewinnt ein Gähner ein Eigenleben, wird größer und ausgedehnter, als ich es hätte vorhersagen können, zwingt mich, den Kopf zu neigen, bis mehrere Tropfen Speichel, von Strömen auf den Innenseiten meiner Wangen gespeist, sich an den Mundwinkeln sammeln und auf den Boden fallen. Nach einigen derartigen großen Tiefgähnern sind meine Augen geschmiert, und ich kann klarer denken. Ich weiß nicht, ob wissenschaftliche Untersuchungen über das menschliche Gähnen die Art und Weise berücksichtigt haben, wie es die Schmierung der Augäpfel unterstützt.

Ich mache mir große Sorgen um die Ente in der Kälte. Wahrscheinlich ist sie wach. Wir haben eine Ente, die draußen in der Hundehütte lebt. Nachts legen wir eine Decke über die Hundehütte und stellen ein tragbares Fliegengitter vor den Eingang. Das Gitter soll Füchse und Coyoten abhalten. Auf dem Berg lebt ein Fuchs mit einem buschigen, horizontalen Schwanz, der beinahe genauso groß ist wie das Tier selbst, und nachts hört man manchmal die Coyoten von den Feldern jenseits des Flusses heulen.

Die blaue Schale der Ente friert über Nacht ein. Jeden Morgen, bevor ich zur Arbeit fahre (und Phoebe unterwegs an der Schule absetze), kippe ich die Schale an einem Schneehaufen, worauf eine Eisscheibe herausfällt: Bei diesem Wetter ist die Schale selbst reinigend. Im Schnee liegen weitere Eisscheiben herum, tagsüber picken Krähen daran. Die Scheiben sehen aus wie UFOs oder vielleicht eher wie Hornhäute – die Schicht halb aufgelöstes Entenfutter, die am jetzt oben liegenden Boden fest gefroren ist, wäre dann die Iris. Die Ente kommt heraus mit ihren winzigen schnellen Piepsern, erregt von der Aussicht auf das warme Wasser, das dampft, wenn ich es in die Schale gieße. Mit dem Unterschnabel schöpft sie lange Wasserzüge und reckt sodann den Hals, damit die Wärme hinabrinnen kann. Ich halte ihr eine Hand voll Futter hin, und sie stürzt sich mit dem Schnabel darauf, sehr schnell, mit viel schnelleren Bewegungen, als ein Mensch sie machen kann, das geht wie der Kugelkopf einer alten IBM Selectric. Etwas von dem Futter fällt ins Wasser, und das macht sie wahnsinnig: Sie wühlt in der sumpfigen Wärme, pocht auf den Boden und findet alle Nuggets, die darin treiben, und der Ausfluss aus ihrer Kehle macht das Wasser trübe. Nach einem letzten Fressanfall blickt sie auf und wird ruhig; ihr Hals ruckt noch zweimal, damit ihr Frühstück sich setzen kann, dann läuft sie mit mir die Einfahrt hinab. Manchmal schlägt sie, auf der Stelle trabend, kräftig mit den Flügeln, ohne sich in die Luft zu erheben, wie ein Jogger an einer roten Ampel, manchmal hebt sie auch ab, wenngleich ihre Landungen noch nicht die besten sind. Ihre Augen sitzen seitlich am Kopf: Sie muss sich von mir abwenden, um zu mir hochzublicken, dann auf die Welt, dann wieder zu mir hoch.

Letzte Nacht, ich lag im Bett, hörte ich ein furchtbar trauriges Geräusch, wie von einer Katze in einer Notlage oder einem Säugling, der in der Kälte jammert: lange, langsame, herzzerreißende Rufe. Ich richtete mich halb auf und horchte angespannt – war es die Ente? –, doch das Geräusch hatte aufgehört. Fast hätte ich Claire geweckt, um sie zu fragen, was ich tun sollte. Und dann, als ich wieder atmete, erkannte ich, dass ich ein Pfeifen hörte, das von einer kleineren Blockierung in meiner eigenen Nase beim Atmen herrührte.

Manchmal, wenn ich hier sitze, zieht eine lange Reihe Tagesgedanken durch mich hindurch – Gedanken im Zusammenhang mit der Arbeit oder beispielsweise mit der Gemeindepolitik. Ist ja auch in Ordnung – sollen die Gedanken nur durchziehen. Man hört sie kommen wie einen Güterzug mit Sirenen und Gebimmel; es dauert einige Minuten, bis sie vorbei sind, dann sind sie weg. Bedenken Sie, es ist sehr früh am Morgen – früh, früh, früh, früh. Manchmal, wenn ich nach dem Aufstehen auf dem Treppenabsatz am Fenster stehe, sind die Sterne überwältigend scharf: persönliche Nadellöcher der Genauigkeit im stygischen Diorama. Die drei Gürtelsterne des Orion sind die einzige Konstellation, die ich gleich erkenne. Die Aufteilung der Sterne in Konstellationen ist unnötig: Ihre Anonymität verstärkt das Gefühl von Unendlichkeit. Heute Morgen habe ich ein langes, blasses Mal gleich einer Narbe am Himmel gesehen. Es war der Schweif eines hoch fliegenden Düsenflugzeugs, ein Nachtflug von Irgendwo nach Irgendwo, von unten beleuchtet vom untergehenden Mond. «Ein mondbeschienener Kondensstreifen», flüsterte ich bei mir, dann ging ich runter und tastete nach der Kaffeemaschine.

4

Guten Morgen, es ist 4.52 Uhr, und ich freue mich sehr, bei Bewusstsein zu sein, wenn sonst niemand bei Bewusstsein ist. Um zu diesem Punkt zu gelangen, an dem ich der einzige Knoten Wachsamkeit im Herzen der schlafenden Welt bin, bedarf es beachtlicher Vorarbeiten. Ich muss vorsichtig aus dem Bett steigen, um Claire nicht zu wecken, und ich muss den Morgenmantel anziehen; ich muss die Flanellschärpe gut zumachen und über die vordere Treppe nach unten gehen, um meinen Sohn nicht zu wecken, dessen Zimmer oben an der hinteren Treppe liegt, und ich muss Kaffee machen.

Kaffee zu machen, zumal wenn der Mond untergegangen ist oder gar nicht scheint, ist eine Fertigkeit, die mit Übung besser wird. Als Erstes zieht man die alte Filtertüte mit ihrer Schicht Kaffeeschlamm heraus und klemmt die Seiten wie einen weichen Taco zusammen, damit man sie sicher in den Mülleimer befördern kann, ohne dass etwas herausfällt, und dann spült man den Filter und die Glaskanne aus, wobei man besonders darauf achtet, das Löchlein im Plastikdeckel der Kanne zu säubern, das wie das Loch oben im Kopf eines Säuglings ist, wo der Kaffee aus dem Filter in das Gehirn des Säuglings tröpfelt. Und man spreizt die geriffelten Papierfilter, sodass die Finger einen ertasten und greifen können – eine Empfindung, die dem Umblättern von Seiten eines Buchs aus dem achtzehnten Jahrhundert ähnelt –, und man setzt die Filtertüte so in den Filter, dass keine Seite kippanfällig ist, wodurch das Wasser in dem Kaffee herumfließen kann, ohne dass dessen Brühe herausschwappt. Wenn man im Dunkeln frischen Kaffee in die frische Filtertüte tut, läuft man Gefahr, dass der Kaffee, ohne dass man es merkt, in dem Dosierlöffel stecken bleibt und dass man meint, man tue Löffel um Löffel hinein, während in Wirklichkeit gar nichts hineingeht. Heute habe ich zur Sicherheit den Finger in den Schlund der Filtertüte gesteckt, bis er knirschend den Boden erreichte: Ich spürte, wie das Kaffeepulver das erste Knöchelgelenk passierte und fast auch noch das zweite – aber zur Sicherheit gab ich noch einen weiteren Löffel dazu.

Die Kanne mit Wasser zu füllen ist nicht so schwierig, wie den Kaffee abzumessen, weil die Spüle direkt unter dem Fenster ist und ich das Gewicht des Wassers spüren kann; aber wenn ich das Wasser oben in die Kaffeemaschine gieße, fließt manchmal etwas daneben, die Seiten hinunter und auf die Arbeitsplatte. Und wenn schon. Ist ja bloß Wasser. Bis es hell wird, ist sie trocken.

Dann, wieder hier im Wohnzimmer, rücke ich den Sessel zurecht und überzeuge mich, dass der Computer eingestöpselt ist, da der Akku sich nicht mehr laden lässt. Ich habe ihn vor mehreren Wochen in einem Gebrauchtcomputergeschäft erstanden. Früher war es einmal der eleganteste und begehrteste aller schwarzen Laptops, jetzt ist er praktisch Schrott. Jemand, ich war's nicht, hat die Tüpfelung auf der Leertaste unterhalb der Ruhestellung für den rechten Daumen abgewetzt, und der senkrechte Balken des *T* ist weg; ich habe die Bildschirmfarben geändert, sodass sie nun dunkelblaue Buchstaben vor einem schwarzen Hintergrund zeigen, selbst im Dunkeln fast unlesbar, und wenn ich tippbereit bin, neige ich den Schirm zu mir her, sodass er beinahe meine tänzelnden Finger oben streift. Das Wort *Blindschreiben* hat mir schon immer gefallen: Ich tippe blind, während ich auf das Feuer starre oder es wenigstens unverwandt anblicke.

Als ich heute Morgen das Feuer anmachte, kam eine Flamme wie hochtoupierte Haare von unten hervor und schoss um ein halb abgelöstes Stück Rinde zurück. Im Augenblick ist vorn eine purpurrot grundierte Flamme mit kräftigen Gelb-, Orange- und Weißtönen: sie flattert wie einer jener Wimpel, die früher einmal um Gebrauchtwagenhöfe herumhingen. Man sieht sie nicht mehr so häufig: bunte dreieckige Vinylflaggen an Schnüren, die hoffnungsfrohe Verkaufsleiter von Stange zu Stange aufhängten, um eine Rummelplatzstimmung entstehen zu lassen.

5

Guten Morgen, es ist 4.20 Uhr – ich hatte ja immer Schlafschwierigkeiten, aber jetzt viel weniger, weil ich morgens um vier aufstehe. Jedenfalls vor fünf. Ich bin so müde, dass ich gut schlafe.

Einige Jahre lang war ich als Einschlafhilfe auf Selbstmordgedanken angewiesen. Tagsüber bin ich kein sonderlich morbider Mensch, nachts aber lag ich dann schon mal im Bett und stellte mir vor, wie ich mir eine Stricknadel ins Ohr hämmerte oder von einer Plattform einen Schwalbensprung in eine schwarze Leere vollführte, an deren Grund ein Dutzend schwarze, glitschige Stalagmiten standen. Angetan mit Helm und Pilotenkluft, verkleinerte ich mich und wartete darauf, dass der gigantische Schraubenzieher die Luke an der Spitze einer Patrone aufschraubte. Ich wurde dann in den Kontrollraum der Patrone hinabgesenkt, worauf die Luke über mir wieder fest zugeschraubt wurde. In einem bestimmten Augenblick legte ich dann einen Schalter um, worauf das Gewehr losging und mich in meinen Sitz presste. Ich schoss aus dem Lauf und auf eine Bahn über die schlafende Stadt zu meinem Haus; dort krachte ich durchs Fenster und jagte auf meinen Kopf zu, und wenn die Kugel sich mir ins Gehirn bohrte, schlief ich ein.

Jetzt liege ich im Bett und denke wahllos an Sachen, an Bodenerosion oder wie ich einen langen gelben Streifen an die Seite eines schwarzen Schiffs male, und weil ich so früh aufgestanden bin, schlafe ich einfach ein. Der Schlaf fördernde Suizidismus hatte vor einigen Jahren seinen Höhepunkt, als wir ein paar Monate in San Diego waren, damit ich eine Gruppe Ärzte «anspornen» konnte, die ihr Lehrbuch überarbeiten sollten. In meinem Gehirn spukte die nachtkriechtierhafte Unfertigkeit des Projekts, und von dem Fenster des Zimmers, das ich als zeitweiliges Büro benutzte, konnte ich vier Palmen sehen. Die Palmen waren auf ihre Art schöne Bäume, zumal als Teil eines Quartetts, allerdings haftet der Palme eine spezifische Kargheit an, sie wächst wie ein flammendes Streichholz und oben dann nur ein kleines grünes Gesprudel. Sie tut nur das absolut Nötigste, um ein Baum zu sein; und sie hat große, grobe Blätter – ausschweifende Blätter –, und die Rinde zeigt ihre Jahre an der Außenseite, sodass der Baum keine Geheimnisse hat: Er braucht nicht zu sterben und gefällt zu werden, damit man seine Geburt datieren kann. Diese vier Bäume betrachtete ich während der Arbeit, und nachts stellte ich mir vor, wie ich mir mein eigenes Grab schaufelte, weil ich fand, es wäre so viel einfacher zu sterben, als diese drei zerstrittenen Ärzte dazu zu bringen, ihr Material für die neue und stark überarbeitete Ausgabe von *Rückenmarkstrauma* abzuliefern. Claire und die Kinder wären rundum versorgt, solange ich mir eine Sterbeart ausdachte, die nicht nach Selbstmord aussah. Aber schließlich war die neue Ausgabe fertig gestellt, redigiert, mit einem Register versehen, veröffentlicht und ausgeliefert, und nun kaufen Medizinstudenten sie und unterstreichen darin Sachen, und alles ist so, wie es sein soll.

Etwas später, gegen halb fünf, geht die Güterzugsirene los. Um sieben muss ich mich anziehen und meine Tochter Phoebe an der Schule absetzen und zur Arbeit fahren. Ich würde gern einmal die Fabrik besichtigen, die Zugsirenen macht, und fragen, wie sie diesen Akkord ewiger Traurigkeit hinkriegen. Ist der bewusst traurig? Sagen die Sirenen: Nimm dich in Acht, halte dich von diesem Zug fern, sonst überfährt er dich, und dann trauern die Menschen, und ihre Trauer wird wie das untröstliche Klagen dieser Sirene durch die Nacht sein? Die Verstimmtheit des Dreiklangs ist Teil seiner Schönheit. Vor hundert Jahren kamen eine Straßenbahnlinie und zwei Personenzüge durch diese Stadt; angeblich hat Rudyard Kipling auf seinem Weg ins Landesinnere zu seinem Haus in Vermont, wo er die *Geschichten für den allerliebsten Liebling* schrieb, eine Woche hier gewohnt. «Wie der Leopard zu seinen Flecken kam» ist eine gute. Meine Mutter hat sie meinem Bruder und mir vorgelesen, und sie hat meine Sicht von Schatten verändert. In unserem Garten gab es mehrere Stellen, die Kiplings Schatten-Puzzle darboten. Der Spindelstrauch, der am Rand unseres Grundstücks wuchs, war am besten dafür geeignet. Seine Borke hat schöne Höcker, und unter diesem niedrigen Baum konnte ich sitzen und zusehen, wie das Sonnenlicht in Stücke zerfiel.

Ehrlich gesagt mag ich Laubbäume, besonders solche, auf denen Flechten wachsen. Ich lebe gern im Osten, ich mag alte Messingkisten mit Kratzern, ich mag es, wie Kamine aussehen, wenn Tausende von Feuern darin gebrannt haben. Der Kamin, vor dem ich sitze, wurde angeblich 1780 gebaut. Wie viele Feuer haben darin gebrannt? Zweihundert pro Jahr mal zweihundert Jahre: vierzigtausend Feuer? Ich verbrenne gern Holz. Das habe ich erst kürzlich herausgefunden. Letztes Jahr hat Claire mir zum Geburtstag eine Axt geschenkt, und ich weihte sie damit ein, dass ich das Abfallholz klein hackte, das die Bauarbeiter aufhäuften, als sie unsere eingefallene Scheune wieder aufbauten. Wenn man mit der Axt fest zuschlägt, genau auf die Mitte eines 15-cm-Bretts, bricht das Brett der Länge nach, und manchmal macht die Bruchlinie einen hübschen Umweg um ein Astloch. Dann kann man quer zur Maserung hacken. Apfelzweige sind sehr schwer zu hacken, sogar die alten grauen, die keine Rinde mehr haben. Man prügelt fünf Minuten lang auf sie ein, und dann, wenn man sie genau richtig trifft, springen sie einen plötzlich an und schlagen einem ins Gesicht. Bauabfälle brennen unter vielen kleinen Explosionen und pfeifenden Seufzern.

Nachdem wir die meisten Abfälle verbrannt hatten, rief ich einen Holzhändler an und bestellte ein Klafter. Ein Klafter ist eine Maßeinheit, die «eine stattliche Menge» bedeutet. Der Holzhändler bugsierte die gevierteilten Stämme mittels eines großen zangenförmigen Hakens von seinem Laster. Mit einem hellblauen Scheck in der Hand fuhr er wieder davon, einen Haufen Scheitholz hinterlassend. Aus diesem Haufen errichteten Claire und ich im Lauf der folgenden Woche ein langes, sauberes Bauwerk an der Scheune. Man legt die Scheite über Kreuz: drei nebeneinander, dann drei quer darüber, und man baut einen Kreuzstapel neben den anderen, und man muss die Stämme so aussuchen, dass der Stapel stabil bleibt und nicht umfällt;

und die ganze Konstruktion bedeckt man mit einem Dach aus herumliegenden Rindenstücken. Das gewinnt dann eine gewisse Permanenz, wie eine Steinmauer – es wirkt so vollendet, dass man zögert, bevor man die ersten Scheite zum Verfeuern herauszieht.

Der Holzstapel wurde für die Ente schnell zu einem Gegenstand der Faszination. Sie wühlt mit ihrem Schnabel zwischen den Scheiten und klopft damit gegen die Rinde, bis etwas davon abbricht, um zu sehen, ob darunter Käfer sind. Jetzt, wo alles gefroren ist, findet sie da weniger zum Fressen, aber im Frühling hob ich einmal ein unteres Scheit für sie an, und da fand sie dann eine Ameisenkolonie und mehrere Würmer, die sie mit viel lustvollem Schnabelklappern verzehrte. Sie ist ein schmutziger Esser. Sie schnüffelt in Schlamm und Gras herum und geht dann zu dem Plastikwatteich, den wir ihr hingestellt haben, und trinkt daraus, dann fließen, während sie das Wasser schöpft, Ströme von Schmutz aus ihrem Schnabel. Wenn sie ein Stück nasse Erde oder Unkraut gefunden hat, das sie besonders erfreut, macht sie ein wimmerndes Glücksgeräusch, wie ein Ferkel am Euter. Ich hatte keine Ahnung, dass Enten zu solchen Lauten fähig sind. In der Färbung ähnelt sie einer Tigerkatze.

Neulich stemmte ich ein Scheit aus dem steifen Boden und drehte es um, damit Greta (so heißt die Ente) es überprüfen konnte, bevor ich es hineinbrachte. Ich wollte ihr nicht einfach nur etwas Gutes tun; ich wollte eben auch keine Termiten oder komische Larven ins Haus bringen. Sie ackerte die gesamte frei liegende Unterseite entlang, so als gebe sie per Fernschreiber einen Text für eine Nachrichtenagentur durch. Schließlich entdeckte sie, in einem Spalt verborgen, etwas Braunes, das ihre Aufmerksamkeit weckte. Sie konnte es herauszerren; es war eine gefrorene Wegschnecke. Auf ihrem Schleim hatten sich Eiskristalle gebildet und sie so mit einer Art Pelz überzogen. Ich wusste nicht, ob sie im Winterschlaf oder tot war. Die Ente rollte sie im Schnabel hin und her und warf sie ins Wasser (dessen Eisränder sie schon vorher zerbrochen hatte), und schließlich verschwand einiges davon in ihrer Kehle. Sie ruckt mit dem Kopf, damit die Sachen in den unteren Teil ihres Halses gelangen, und vermutlich macht sich ihr Muskelmagen dann dort darüber her.

6

Guten Morgen, es ist 6.08 Uhr – spät. Nachdem ich aufgestanden war, sah ich vom oberen Treppenabsatz aus drei Lichteffekte. Einer war das weiße A-3-Blatt Mondlicht auf dem Fußboden, einer war weiteres, von langen Geländerschatten gegittertes Mondlicht auf dem Boden unten, und einer der Anflug vom Blassgelb und Blau des Morgengrauens, das sich jenseits der Bäume bildete. Vielleicht war es ja auch der Schein vom Supermarkt in der Nachbarstadt. Ich war so spät aufgestanden, weil ich noch bis spät nachts an jenem Zeitdieb, einer Website, gearbeitet hatte. Nichts saugt einen Abend so vollständig weg wie das Gefiesel am Layout einer Website. Als ich dann endlich im Bett lag und «The Men That Don't Fit In» von Robert Service las, schlief Claire schon in ihrem blauen, kuscheligen Bademantel, und es war elf Uhr.

Aber jetzt bin ich auf, und kleine Flammen wachsen wie Fetthenne aus den Ritzen in der heutigen Scheitwand, und ich habe noch ein Weilchen, bis ich Phoebe zur Schule fahren muss. Jeden Morgen muss ich mich vom Kaffee schnäuzen, dann werfe ich den Nasenbausch ins Feuer, und weg ist er. Das Feuer ist wie ein fröhlicher Hund, der wartend beim Tisch sitzt und dem man Lebensschnipsel hinwirft.

Als ich aufstand, war unser Schlafzimmer noch ganz dunkel. Ich tastete nach meiner Brille auf dem Nachttisch auf jene zärtliche Art, die man bei der Brille hat, als wären die Finger Fühler, und damit man keine Schmierer darauf macht. Der Schmierer eines Fingerabdrucks macht es einem unmöglich, sich auf etwas anderes zu konzentrieren; er ist viel schlimmer als die runde Verschwommenheit im Blickfeld, die von einem Staubkorn herrührt. Die Brille machte ein kleines Klackgeräusch, als ich mich und dann sie aufsetzte – oh yeah, Baby. Das Hübsche daran, die Brille im Dunkeln aufzusetzen, ist, dass man weiß, man könnte besser sehen, wenn es hell wäre, aber da es dunkel ist, ändert die Brille überhaupt nichts.

Meine Hand schien genau zu wissen, wo meine Brille war, und das erinnerte mich an etwas, was mir vor ungefähr fünf Jahren in einem Hotelbadezimmer auffiel. Ich wünschte nur, ich hätte alle Hotelzimmer, in denen ich schon gewesen bin, fotografiert. Einige bleiben mir noch eine Zeit lang im Kopf, andere wiederum verschwinden auf der Stelle – die vielen Schattierungen von Pinkbeige. Ich erinnere mich noch gut an zwei der Hotelzimmer, in denen Claire und ich auf unserer Hochzeitsreise wohnten – eines war ein schickes, eines in einer nicht eben blühenden Kleinstadt. In dem war das Badezimmer hinter einer Falttür.

Claire ist gerade hereingekommen, um mir guten Morgen zu wünschen. Sie sagte, sie wisse, dass ich heute noch nicht so lange auf sei, und zwar wegen des frischeren Kaffeegeruchs. Sie hat einen guten Geruchssinn. Am College hatten wir gemischte Waschräume; einmal wusste sie, dass ich es war, der heimlich in die Duschkabine gepinkelt hatte. Momentan ist sie traurig darüber, dass die letzte amerikanische Herstellerin einer bestimmten Art Holzlöffel ihr Geschäft aufgegeben hat. In den Nachrichten hatte eine Frau gesagt: «Das war mein Leben. Meine Großmutter hat Löffel gemacht, meine Mutter hat Löffel gemacht, und nun ist es vorbei.» Claire mag alte Leute – nicht nur Verwandte, sondern überhaupt alte Leute. Sie hat sich mit der biestigen Frau ein paar Häuser weiter angefreundet, und sie ist den Geruch von Sauerstoff aus Sauerstoffflaschen gewöhnt. Ich bin froh, dass sie alte Leute mag, denn das bedeutet, dass sie sich wahrscheinlich weniger vor mir ekelt, wenn ich alt werde.

Ich kenne Claire – mal kurz überschlagen – dreiundzwanzig meiner vierundvierzig Jahre. Über die Hälfte meines Lebens liebe ich sie. Das muss man sich mal vorstellen. Wir haben uns in einem Studentenwohnheim auf der Treppe kennen gelernt; ich trug mein Fahrrad nach unten, und sie und ihre Zimmergenossin kamen mit Tüten voll neuer Lehrbücher herauf. Wir wohnten im Dritten Nord, dem dritten Stock auf der Nordseite, ein Bereich mit extrem jungen Jungen und Mädchen (so erscheinen sie mir heute), die, weil wir alle einen großen Waschraum teilten, rasch vertraulich wurden. Claire und ihre Zimmergenossin gaben jeden Dienstag um 16.30 Uhr eine Cocktailparty, wobei sie das Bügelbrett des Stockwerks als Bar benutzten. Ich ging mit ihnen in den Schnee hinaus, um die Alkoholika zu kaufen: Ich war einundzwanzig, und in Pennsylvania gab es eines jener lästigen Gesetze.

Wenn Claire ein bisschen beschwipst war, rockte sie langsam zu Reggae, und ihre Lippen wurden kalt. Ihr

Mund dagegen war warm, und ihre Zähne waren scharf. Ich kultivierte damals eine verwegen-verrückte Pose: Am Straßenrand hatte ich eine schöne Vorkriegstoilette entdeckt, die nahm ich mit auf mein Zimmer und stellte das zweibändige *Oxford English Dictionary* hinein. Aber Claire stand auf einen sehr gut aussehenden rotblonden Jungen namens William. Viele waren in William verknallt, weil er sanft und zurückhaltend war und eine reizvolle Art hatte, sich zu räuspern, bevor er sprach. Es hieß, sein Penis sei außergewöhnlich attraktiv, aber ich habe ihn nie gesehen. Williams Vater war ein berühmter Chirurg, und eines Tages borgte sich William etwas Faden und zeigte uns, wie man die Knoten macht, mit denen berühmte Chirurgen Wunden zunähen. Er trank nie. Als ich einmal boshaft versuchte, ein wenig Gin in sein Tonic zu schmuggeln, nahm er einen Schluck und gab mir das Glas mit einem vorwurfsvollen Blick zurück. Bis heute habe ich Schuldgefühle.

Claire stand, wie gesagt, auf den sanften William – und dann fragte sie mich eines Abends nach einer der Cocktailpartys am Bügelbrett, ob ich Lust hätte, sie zum Geldautomaten zu begleiten. Ich sagte, ich fände es sehr schön, sie zum Geldautomaten zu begleiten. In jener Zeit trug sie einen Kaschmirmantel aus dem Secondhandladen und weiche italienische Pullover und, obwohl ihre Mutter ihr ins Gewissen redete, keinen BH. Und auch ihre Lippen waren weich – viel weicher und irgendwie intelligenter als andere, die ich geküsst hatte, und auch wenn ich nicht so sehr viele Lippen geküsst hatte, waren es doch einige.

Als sie zwei ihrer Weisheitszähne herausbekam, ging ich mit ihr zum Zahnarzt. Danach schlief sie lange zusammengerollt, ein kleiner, schöner Mensch; auf dem Schreibtisch standen in einem Wasserglas die beiden gewaltigen Zähne. Sie waren wie die Oberschenkelknochen eines Brontosaurus. Wie diese gigantischen Zähne in ihren Kopf gepasst haben sollen, weiß ich nicht.

Als ich also heute Morgen nach meiner Brille langte, erinnerte ich mich daran, dass mir in einem Hotel auffiel, wie meine Hand zunehmend besser wusste, wo in einer fremden Dusche die Seife lag. Mein tieferes Gedächtnis prägte sich einen dreidimensionalen Plan der Dusche ein, darunter die möglichen Ablageorte für die Seife: die Leiste, die vertiefte, eingebaute Seifenschale, die Ecke vorn, die Ecke hinten. Ich wusch mir also das Gesicht, legte anschließend die Seife, ohne nachzudenken, irgendwo ab und schäumte mir die Haare ein; und dann, noch blind vom Shampoo, wollte ich mir die tiefer gelegenen Regionen waschen, und obwohl ich mich in der Dusche immer hin und her und herumgedreht hatte, vermochte ich den Polarstern des Duschstromwinkels zur Orientierung zu nutzen, sodass ich mich, ohne hinzusehen, vorbeugen konnte und die Seife unter den Fingern hatte, oft sogar ohne jedes Tasten.

7

Guten Morgen, es ist 4.19 Uhr, und ich fasse es nicht, wie hell der Mond hier ist. Wir wohnen jetzt seit gut drei Jahren in Oldfield, und mit das Erstaunlichste an dieser Gegend ist die Helligkeit von Mond und Sternen. Selbst wenn, wie jetzt, ein dickes Stück fehlt, scheint das Licht des Mondes so kräftig, dass man beim Blick aus dem Fenster spüren kann, aus welcher Richtung es kommt. Wenn man schräg hinaufschaut, ist da hoch am Himmel dieses Ding, das man fast mit zusammengekniffenen Augen ansehen muss. Die kleinen Monde ganz oben sind anscheinend die hellsten.

Kurz nach zehn war ich über der Lektüre eines Software-Handbuchs eingeschlafen, und nun bin ich wach und warte auf die Zugsirene. Heute besteht das Feuer teilweise aus halb verkohltem Scheitholz von gestern, überwiegend aber aus den Apfelzweigen, die ich zersägt hatte, nachdem ich von der Arbeit nach Hause gekommen war. Ich hatte es erst mit der Axt probiert und mir dabei ziemlich einen abgebrochen. Eine Handsäge dagegen geht da mit wunderbarer Leichtigkeit durch und verstreut zu beiden Seiten des Schnitts Sägemehl wie – wie, mir fällt nichts dazu ein – vielleicht wie ein Sämann, der sät. Jedenfalls ging das Feuer so bereitwillig an, dass ich meinen Sessel schon ein wenig zurückgerückt habe, damit mir die Beine durch das Flanell nicht wehtun.

Das Tolle daran, hier am frühen Morgen zu sitzen, ist, dass es keine Rolle spielt, was ich gestern den ganzen Tag gemacht habe: Mein Kopf kommt nur auf Feuergedanken. Ich habe einen Apfel, den ich essen kann, wenn ich mag – im Herbst gepflückt und im Zustand halb permanenter Knackigkeit gekühlt.

Die ganze Sache mit den fallenden Blättern und dem nahenden Winter ist einer jener graduellen Prozesse, die mit jedem Jahr, in dem sie geschehen, schwerer zu glauben sind. Die vielen Blätter saßen fest an den Bäumen, und weg sind sie. Und jetzt, es ist unglaublich, sind *keine Blätter an den Bäumen*. Und es wird zusehends unmöglich, sich vorzustellen, dass jemals Blätter an den Bäumen gehangen haben. Es ist wie der Tod, der für mich auch immer schwerer vorstellbar wird. Wie kann jemand, den man so gut kennt und an den man sich so gut erinnert, tot sein? Meine Großmutter zum Beispiel. Ich kann es nicht glauben, dass sie tot ist. Damit meine ich nicht, dass ich an eine jenseitige Welt glaube, das nicht. Aber ich finde es verwirrend, dass sie jetzt nicht lebt.

Dieses Jahr gab es einen besonderen Augenblick des Blätterfallens, der mir bis dahin noch nicht begegnet war. Ich ging bei Sonnenaufgang raus, um die Ente zu füttern – es war irgendwann im Oktober. In ihrem Wasser war, als sie hineinsprang, Eis: harte Stückchen, die sie für etwas Gutes zum Fressen hielt, die sie aber doch nicht so besonders fand, nachdem sie sie mit dem Schnabel hin und her gewirbelt und geklatscht hatte. Während ich wartete, dass meine

Tochter Phoebe herauskam, kratzte ich mit meiner AAA-Karte schon mal die dünne Eisschicht auf der Windschutzscheibe ab, als ich ein paar hundert Meter entfernt ein blättriges Rascheln hörte. Ich blickte zu dem Geräusch hin und in der Erwartung, eine Maine-Katze oder einen Fuchs zu sehen. Stattdessen aber sah ich einen mittelgroßen, gelbblättrigen Zuckerahorn. Er benahm sich eigenartig: Alle seine Blätter fielen zur selben Zeit ab. Der Wind war es nicht – es ging kein Wind. Ich stand eine Weile da und sah zu, wie der Baum sich in diesem ungewöhnlichen Tempo entblätterte, und gelangte zu einer Theorie, die die Simultaneität der Entlaubung erklären sollte. Der Baum war nicht so groß wie manche andere – das zum Ersten. Und es war der erste Nachtfrost des Jahres gewesen. Wir können uns also denken, dass alle Zweige des Baums mit der gleichen dünnen, aber hartnäckigen Eisschicht überzogen waren, die ich auf der Windschutzscheibe antraf. Die Sonne war nun hoch genug gestiegen, um den dicht bewaldeten Hügel jenseits des Bachs zu überwinden, daher fiel das Sonnenlicht ein und wärmte die Blätter gerade dieses Baums zum ersten Mal, seit sie gefroren waren. Das Nachteis hatte die Rinde umhüllt und somit das Blatt festgehalten, der Frost aber hatte auch den letzten Riss in den parenchymatösen Zellen bewirkt, die den Blattstamm an seinem Zweig festhielten: Sobald das Eis schmolz, fiel das Blatt. Ich erhielt eine gewisse Bestätigung meiner Theorie, als ich bemerkte, dass vor allem die Blätter auf der der Sonne zugewandten Seite des Baums fielen.

Mein Sohn, er ist acht, hatte für dieses Jahr einen Plan für die Blätter. Er füllte sechs große kräftige Packpapiertüten damit und bewahrte sie in der Scheune auf, sodass er, wenn mein Bruder und meine Schwägerin mit ihren Kindern zu Besuch kamen, einen riesigen Laubhaufen machen konnte. Sein Plan funktionierte, was sich nicht von allen seinen Plänen sagen lässt. Der Haufen war groß und die Blätter trocken, nicht durchweicht, und meine Schwägerin und ich machten viele Fotos von lächelnden Kindern, die zwischen tausend Blättern herumtollten und sie in die Luft warfen, und da hatte ich jenen Augenblick leiser Furcht, da ich die Zukunft kannte. Ich wusste, dass wir diesen Augenblick besser als vielleicht würdigere oder repräsentativere Augenblicke in Erinnerung behalten würden, weil wir Fotos davon machten. Die Ente trieb sich beim Rechen herum in der Hoffnung, dass wir auf eine feuchte Unterschicht stießen, wo die Würmer leben. Aber es gab keine.

Gestern habe ich erfahren, dass einer der Alten aus der Stadt gestorben ist. Als ich im November mit ihm telefonierte, klang er noch völlig in Ordnung – raue Stimme, aber in Ordnung. Als ich gestern den Müll hinaustrug und die Rampe hochging, die in die Scheune führt, stellte ich mir auf einmal vor, wie dieser alte Mann sich von einem lebenden Menschen in Schädel und Knochen verwandelte – und war dabei genauso verblüfft, wie ich es jedes Jahr bin, wenn die Blätter fallen und wir nur noch Baumskelette haben. Ich bin wirklich froh, dass meine Großeltern kremiert wurden. Ich mag mir nicht vorstellen, dass ihre Schädel irgendwo herumliegen. Besser und würdiger für sie, vollständig aufgelöst zu sein.

8

Guten Morgen, es ist 4.50 Uhr – gerade habe ich in einen roten Apfel so tief hineingebissen, dass es meine Unterlippe ganz bis dahin zurückschob, wo die Lippe sich mit dem Kinn verbindet. Da gibt es einen Klackpunkt, und ein guter Apfel kann das, die Unterlippe bis zu diesem Klackpunkt hinunterschieben. Manchmal glaubt man einen Augenblick lang, dass man in dem Apfel stecken bleibt, weil man nicht mehr weiter beißen kann. Aber dann muss man den Apfel nur ein Stückchen nach links drehen – oder auch nach rechts –, und das halb abgebissene Stück bricht im Mund ab. Wenn man das langsam macht, klingt es wie ein Baum, der im Wald fällt. Dann beginnt man zu kauen.

Gestern sagte Phoebe etwas auf der Fahrt zur Schule, was ich sehr wahr fand. Nachdem ich die Ente gefüttert hatte, kam sie in ihren perfekt gebügelten Bluejeans heraus, ein Stück Toast im Fausthandschuh, tief gebeugt wie ein Sherpa unter der Last ihres Rucksacks. Sie ist vierzehn. Wir stiegen beide ins Auto, und ich drehte die Lüftung voll auf. Heulend schleuderte sie einen eisigen Windstoß heraus. Phoebe hielt sich einen Handschuh über Mund und Nase und sagte: «Es ist kalt, Dad, eiskalt.» Ich sagte: «Das kannst du wohl sagen – es ist *richtig* kalt.»

Als ich das Lenkrad berührte, machte ich ein übertrieben krampfartiges Geräusch des Frierens, worauf Phoebe mich musterte und sah, dass ich hutlos war. Dann bemerkte sie, dass mein Hut – ein Tweedhut mit Seideninnenband – neben der Handbremse hineingestopft war. Er hatte die ganze Nacht im Auto gelegen und war ausgekühlt. Sie nahm ihn und hielt ihn mir so abrupt hin, wie Leute es tun, wenn sie wollen, dass einem nicht kalt wird. «Setz ihn auf», sagte sie.

Der dicke Tweed war verführerisch, aber ich war ja nicht dumm und sagte daher: «Wenn ich den aufsetze, erfriere ich.»

Sie zog den Hut wieder zurück und hielt ihn einige Sekunden über die Lüftungsdüsen. «Versuch's jetzt mal», sagte sie

Wie sich herausstellte, hatte die Heizung den Hut in keinerlei wahrnehmbarem Maß erwärmt: Das seidene Innenband war ein Eisring, und mein Kopf zuckte vor der Kühle zurück. Ich sagte: «Doch, ja, das wird jetzt besser.»

«Es muss einem kalt werden, damit einem warm wird», sagte Phoebe.

Und das ist die Wahrheit. Das trifft bei so vielen Dingen zu. Man lernt es als Erstes bei Laken und Decken: dass die erste Berührung mit dem glatten Laken einen erzittern lässt, aber es wärmt dann schnell, und erst muss man das Unbehagen durchleben, um die spätere Zufriedenheit zu erlangen. Das trifft auch auf Geld und Liebe zu. Erst muss man sparen, um etwas ausgeben zu können. Man denke nur, wie schwierig es ist, mit einem Menschen, den man mag, auszugehen. In meinem Fall hat Claire mich gefragt, ob ich sie zum Geldautomaten begleite, also musste ich sie eigentlich nicht bitten. Trotzdem, ihre Lippen waren kalt, aber ihre Zunge warm.

Als ich Phoebe dann absetzte und ihr einen Dollar für eine Kleinigkeit zum Essen gab, saß mein Hut so behaglich auf meinem Kopf, als hätte er die ganze Nacht am Mantelbaum gehangen.

Als ich von der Arbeit nach Hause kam, baute Henry eine Marsstadt. Er ging nach oben und kam mit einem riesigen Rubbermaid-Staucontainer voller Lego aus seinem Zimmer. Er sah viel zu groß für ihn aus. Der einzelne Legostein ist leicht wie eine Rosine, aber in der Masse werden sie doch schwer.

«Soll ich dir dabei helfen?», fragte ich ihn.

«Nein, danke, ich glaube, ich schaffe es», sagte Henry.

«Das ist aber eine ganze Menge Lego», sagte ich.

«Dad, du solltest mal sehen, wie ich das die Treppe hochwuchte. Das dauert ungefähr eine Stunde.» Er stieg jede Stufe sehr langsam hinab, wobei er mit den Fersen auf die Ränder seiner zu langen Trainingshose trat. «Manchmal komme ich in schwierige Situationen, da balanciere ich nur noch auf einem Zeh. Das ist nicht sehr angenehm.»

Ich habe das obere Halbscheit umgedreht – es sieht jetzt aus wie ein glühendes Stück Rindfleisch.

9

Guten Morgen, es ist 4.23 Uhr – ich habe die Fähigkeit, mich mit Hilfe von schlechten Träumen zu wecken, wenn ich aufstehen muss. Ich brauche mir nur eine Zeit zu sagen, dann kommt ein schlechter Traum und erwischt mich genau dann, wenn ich es brauche. Heute Morgen um vier beispielsweise hat mich ein Traum von so einem niederen bulligen Schwein geweckt, das da herumgrunzte. Als das Schwein den Kopf vom Gras hob und mich sah, wurde es ganz still und wechselte die Farbe von Braun zu Dunkelrot. Ich stand auf und pinkelte und legte mich wieder hin, aber ich wusste, dass ich jetzt für heute Morgen auf war. Ich habe eine allgemeine Theorie der schlechten Träume, die ich für revolutionär halte. Meine Theorie lautet, dass sie allermeistens schlicht deshalb kommen, weil der Körper den Geist wecken muss, allermeistens, um zu pinkeln, und dass er sich dafür der einzigen Werkzeuge bedient, die ihm zur Verfügung stehen. Der Geist ist bewusstlos, beinahe im Koma, der Körper hingegen hat Berichte von einer beträchtlichen Ansammlung heißen Urins unter Deck empfangen. Der Körper erhält dringende Anrufe und Memos, in denen der Ernst der heißen Urinlage beschrieben wird, und gibt sie hinauf ans Unterhirn, und das Unterhirn versucht, das Oberhirn anzurufen, doch das Telefon des Oberhirns ist ausgestöpselt, weil es schläft. Was soll das Unterhirn da tun? Es hat drei Möglichkeiten: Lachen, Erregen oder Angst. Alle drei erhöhen die Herzfrequenz, doch Lachen und Erregung sind, zumal wenn das Oberhirn eigentlich noch zehn, fünfzehn Minuten weiterschlafen will, nicht sehr verlässlich. Also Angst. Das Unterhirn betrachtet die Bilder auf dem Monitor, die in einem unaufhörlichen Strom Kühlflüssigkeit vorbeifließen. Sie sind wie immer absurd und sinnlos. Jedes geht. Er greift wahllos eines heraus – es ist zufällig ein kleines rehbraunes Schwein im Garten –, und es injiziert ihm eine besondere Angstchemikalie und lässt es los, und plötzlich ist es ein schreckenerregendes dunkelrotes Schwein mit Mörderaugen. Und wenn das nicht hilft, gibt es noch graue Zombies, die sich in Baumstümpfen verbergen, grün schimmernde Flutwellen, Treppen, die schmaler werden und von denen Schlamm tropft, erstickende Pullover, die man selbst strickt und denen man nicht entrinnen kann, unerbittliche Eskimos, die einem die Kinder entführen wollen, und so weiter, und alle kommen sie am Ende von Sequenzen gedankenloser Unschuld – und die Atmung wird schneller, das Herz beginnt zu hämmern, die Augen klappen auf. Ich behaupte nun, dass das schlichte Bedürfnis zu pinkeln für die Hälfte aller schlechten Träume, die ein Mensch hat, verantwortlich ist, und in jedem Fall für meinen Schweinetraum heute Morgen.

Das Feuer hatte heute einige Mühe. Ich knüllte sechs Blätter des *News Herald* zusammen und legte zwei von einer Pappschachtel abgerissene Klappen darüber und darauf noch einen zusammengedrückten Cheez-Its-Container, und anfangs war das Feuer auch gesund – so sehr, dass es mir eine Socke ankokelte, als ich einen Augenblick wegsah. Nicht meinen Zeh – nur die weiße Socke, die nun eine raue schwarze verkohlte Fläche an der Spitze hat. Als das Feuer verkümmerte, stopfte ich tief in die orange anderweltliche Höhle zwischen den unteren Scheiten eine Papiertuchröhre: Mengen grauen Rauchs quollen aus dem einen Ende der Röhre, als das andere brannte. Aber dann erlosch wieder alles. Das passiert manchmal. Wenn das passiert, muss man einen Augenblick innehalten und das nicht brennende Feuer ernst nehmen. Es ist noch heiß – es verfügt noch immer über die Mittel zur Selbstregenerierung. Bläst man darauf, lange, stetige Golfströme Sauerstoff, taucht irgendwo wieder eine Flammensprotte auf. Dann verrückt man die Scheite leicht, um die Flamme zu ermutigen, und das Feuer springt von selbst wieder an.

Ich möchte nun gern etwas über dies Zimmer sagen, unser Wohnzimmer. Es sieht aus wie ein richtiges Wohnzimmer, das muss ich sagen, und ich sitze gern hier, weil es sauber ist. Mein Büro ist völlig zugemüllt. Dort kann ich an nichts anderes als an Arbeit denken, und ich will nicht an Arbeit denken. Hier sind fünf Fenster mit dünnen weißen Vorhängen, und jedes Fenster hat zwölf Scheiben. Die Kreuzsprossen – die kleinen Holzstangen, die die Scheiben zusammenhalten – wirken schmal und zerbrechlich, aber sie sind da schon lange. So, mit dem Sims, der einen Meter über dem Fußboden an der Wand entlangläuft, und den verzogenen Kieferndielen sieht das Zimmer mehr oder weniger seit über zweihundert Jahren aus, was eine lange Zeit ist. Wir sind allerdings erst seit drei Jahren hier. In dem Zimmer stehen ein Sofa und ein dreieckiger Eckschrank, dazu mehrere Sessel – nichts in dem Raum ist neu, alles ist in seinem Leben schon einmal geleimt oder repariert worden. Einiges stammt aus Claires Familie, einiges aus meiner. Der Orientteppich ist von meinen Eltern, die ihn um 1970 für vierhundert Dollar gekauft haben. Damals waren meine Eltern große Orientteppichfans – heute weniger, weil ihre Interessen sich verändert haben. Ihre kostspieligste Anschaffung war ein Tigerläufer – ein Orientläufer mit einem lebensgroßen hieratischen Tiger, der inmitten unverständlicher Muster, die den Rand entlanglaufen, die Pfote hebt. Sie haben ihn für neunhundert Dollar gekauft. Er war zu wertvoll, um ihn auf den Boden zu legen: Er hing in der vorderen Diele an der Wand. Als ich zwölf war, machten wir einmal einen Familienputztag, und da erwachte in mir der Wunsch, alle Teppiche zu klopfen. Ich ging mit den kleinen Läufern hinaus und schlug sie mit einem Besenstiel, und dann klopfte ich den Tigerläufer, wobei ich mir vorstellte, dass die Staubpartikel, die herauspufften, Zauberkräfte hätten – und als ich fertig war, hängte ich ihn über das Geländer der vorderen Veranda. Ich sagte mir, ich hätte ihn da hingehängt, weil er «auslüften» sollte, aber in Wahrheit wollte ich, dass die Leute in unserer Straße sahen, dass wir so einen ungewöhnlichen und teuren Läufer hatten. Als es gerade anfing zu dämmern, hörte ich ein eigenartiges Klicken. Ich ging auf die vordere Veranda. Ein Auto mit einem rostigen Kofferraum fuhr davon. Der Läufer war weg, gestohlen. Meine Mutter weinte. Sie hätte ihn jetzt noch, wenn ich nicht hätte sehen wollen, wie der Staub herausstob.

10

Guten Morgen, es ist 3.37 Uhr, und hier im Dunkeln bin nur ich. Ich hatte gerade eine Rangelei mit der Kaffeemaschine. Claire hatte mir gestern Abend gesagt, sie habe die Teile in den Geschirrspüler gestellt. «Das bringt dich doch so früh morgens nicht durcheinander?», hatte sie gefragt. Ich sagte, nö, und es hätte eigentlich auch nicht sein müssen. Ich entriegelte die Geschirrspülerklappe und ließ sie hinunterfallen und ein wenig auf und ab hüpfen – die Federn machten ihr dongendes Geräusch. Den Geschirrspüler öffne ich immer gern, ich bin neugierig, was für Qumran-Handschriften mich darin erwarten. Ich zog den oberen Geschirrkorb heraus, spürte im Dunkeln, wie glatt seine Rollen liefen, wobei sie, indem die Führschienen herausglitten, eine Art leisen Donner erzeugten und ein kleines Bimm, als sie an ihre Begrenzung stießen. Und als ich auf der Suche nach dem Filter begann, das Geschirr zu befühlen, stieß ich auf die frischen Spuren der Wärme von dem schon lange beendeten Spülkreislauf, die sich noch schwach hielt und aufwärts strahlte – Andeutungen von Hitze noch sieben Stunden nachdem ich den Programmwählknopf auf Normal geratscht hatte. Wie konnte die Maschine die

Wärme noch weit in den frühen Morgen hinein bewahrt haben? Isolierung, natürlich – das war die einfache Antwort. Aber es gab noch einen weiteren Grund: in den umgedrehten Böden aller Becher waren flache Gezeitenlachen warmes Wasser. Diese Resthitzepfuhle wirkten zusammen mit den aufgewühlten Keramikmolekülen in den Tellern und Bechern und den gabeligen Wäldern des Bestecks wie Heizkörper. Und die Wasserlachen sind auch sonst wichtig: Wenn man den Geschirrspüler aufmacht und nicht beim ersten Blick sicher ist, ob das Geschirr darin sauber oder schmutzig ist, kann man über seinen Zustand Gewissheit erlangen, indem man nachsieht, ob die Becher diese gewölbten Tümpel aufweisen, denn wenn man einen schmutzigen Becher umdreht und in den Käfig stellt, kann er zwar nass sein, aber in seiner Höhlung wird sich kein Wasser gesammelt haben, weil man ihn richtig herum zum Geschirrspüler getragen haben wird und ihn erst dreht, wenn man ihn in die schräge Außenablage des oberen Korbs stellt.

Ich fand die Kanne gleich, und hinter der Kanne war der Filter. Ich nahm einen der Becher heraus. Aber wo war der Plastikaufsatz, der auf die Kanne gedrückt wird? Zweimal tastete ich mich methodisch durch den ganzen Geschirrspüler, bis ich ihn schließlich unter einer Schüssel lehnend fand. Und dann dauerte es schrecklich lang, bis ich den Aufsatz draufgedrückt hatte. Ich drückte so fest, dass ich Angst hatte, ich könnte die Plastikstifte zu beiden Seiten des Flanschs an der oberen Klappe abtrennen, und da knickte ich dann ein und drückte den Lichtschalter – aber der hat dank unseres tauben Elektrikers einen Rheostaten, und so konnte ich ihn auf sehr niedrig drehen, gerade so viel, um sicherzustellen, dass ich die Stifte nicht abtrennte, und als der Plastikaufsatz einschnappte, schaltete ich das Licht wieder aus und machte alles weitere im Dunkeln. Die Frage lautet: Wird diese Eruption von weißem Licht alles ändern? Finde ich zu meinem Frühmorgen-Bewusstsein zurück? Alles ist wegen allem anderen anders, und dennoch habe ich, nun vor vier Uhr sicher vor einem kräftigen Feuer sitzend, das Gefühl, dass sich dadurch gar nichts geändert hat. Meine Augen sind ohne die mindeste Schwierigkeit zum Nachtmodus zurückgekehrt, und ich habe dasselbe hohle Schlafmangelgefühl im Kopf wie sonst auch – ein Gefühl, das mir kostbar ist.

Heute habe ich das Feuer mit einer zusammengeknüllten Kartoffeltüte angefacht – so einer Tüte mit einem Fenster aus einem Gitter ausgestanzter Stränge. Sie brannte wie der Teufel und steckte einige tote Apfelzweige an, und mit der weiteren Hilfe einer Triscuit-Schachtel und einer leeren Pappspule für weißes Band rückte die Flammenfront weiter nach oben und übernahm die Kontrolle über die Scheite in den oberen Rängen. Das Streichholz anzureißen war tatsächlich ein eindringlicheres Lichterlebnis, als das Küchenlicht anzumachen. Und allein schon das Wort *anreißen*, das die alte heftige Art des Feuermachens in sich birgt: Wir streichen heute ein Streichholz so an, wie wir eine Kreditkarte durch eine Maschine ziehen, die den Magnetstreifen liest, während wir früher, vor dem Streichholz, tatsächlich einen Feuerstein gegen etwas schlugen. Vielleicht waren die ersten Streichhölzer Dinge, die man gegen etwas schlagen musste, so wie man zwei Feuersteine gegeneinander schlug, statt sie zu ziehen, auch wenn ich das bezwifle. Meiner Erinnerung zufolge enthalten die hart gesottenen Krimis Figuren, die ein Streichholz «anreißen», was ein passender

Ausdruck ist. Es sind Diamond-«Strike on Box»-Streichhölzer, laut einem Emblem vorn drauf Made in the USA.

Gerade habe ich mich gestreckt und nach links auf einen Tisch geschaut, der nun im Dunkeln ist, am Tag aber einen Bildband mit Gemälden von Wayne Thiebaud zeigt, darunter ein sehr gutes Gemälde von Suppenschüsseln, etwas Kürbis, ein paar Erbsen. Während ich mich so streckte und an die Suppenschüsseln dachte, gelangte meine Hand unter die Schlafanzugjacke, wobei mein Mittelfinger in meinem Bauchnabel landete, wo er auf einen Fussel stieß. Ich rollte den Fussel zu einem Röhrchen, wie man das eben macht, und danach wurde ich neugierig, wie ein solches Röhrchen wohl aussieht, wenn es brennt. Ich schnippte es in einen der Räume zwischen den Kohlen. Es wurde für einen Augenblick orange, schwoll an und wurde dann dunkel. Es ist noch immer da, wird aber verschwunden sein, wenn ich in den Kohlen stochere.

Gestern Abend erzählte mir Claire, dass Lucy, die kränkliche, aber lustige Frau, die in unserer Straße wohnt, ins Krankenhaus musste. Sie werde schon wieder, aber die Frau, die Lucy hilft, suche eine Bleibe für Lucys Haustiere. Claire überlegte, ob wir vielleicht eine der Katzen nehmen sollten. Ich sehe durchaus ein, dass es gut wäre, wenn wir das täten, aber ich habe auch den Eindruck, dass unser jetziger Kater sich schon jetzt heftige Prügeleien mit Nachbarskatzen liefert, und dass dieses Jahr auch noch die Ente kam, war schon ein schwerer Schlag für ihn. Greta ist in mancher Hinsicht zwar nicht sehr hell, aber bei Katzen ganz gewieft. Man geht nämlich langsam zu der Katze hin, als wollte man Tag sagen, und wenn die Katze zögernd in ihrer Schnüffeln-und-beschnüffelt-werden-wollend-Haltung die Nase ausstreckt, hackt man jäh danach. Und wenn sich die Katze dann geschockt umdreht, um, die Ohren angelegt, Gefühle und Nase verletzt, wegzulaufen, setzt man nach und hackt unmittelbar auf oder dicht neben den Anus. Worauf sie davongaloppiert – denn kein Tier lässt sich gern von einer Ente auf den Anus hacken.

Da wir nun schon dabei sind, hier die Geschichte, wie wir die Ente bekamen. Im Sommer war Phoebe im Ferienlager – in diesem Lager gab es Lamas, Ziegen, kleine lärmige Schweinchen und Enten. Die Enten hatten Entchen, und Phoebe rief uns an, um zu sagen, dass es eine Lotterie gebe, und der Gewinner dürfe eine Ente mit nach Hause nehmen. Ob sie bei der Lotterie mitmachen dürfe? In dem Lager waren sechshundert Kinder; ich zögerte zwar, fand es dann aber in Ordnung, Ja zu der Lotterie zu sagen, weil die Chance, dass wir plötzlich eine Ente am Hals hatten, sehr gering war. Allerdings sagten nur vier Familien Ja zu der Lotterie, und wie sich herausstellte, gab es sechs Entchen. Nachdem Phoebe «gewonnen» hatte, wählte sie das kleinste aus – klein, aber, wie sie fand, keck, und wir setzten sie in einen Pappkarton und fuhren es – sie – nach Hause. Und nun haben wir diese braune Ente, die unser Leben beträchtlich bereichert hat. Ein Kater und eine Ente sind allerdings auch genug.

Die Schwierigkeit mit der Ente im Winter ist die, dass der Schlauch eingefroren ist. Er liegt immer noch irgendwo draußen unter den Schneehaufen, die der Pflug gemacht hat, und wird im Frühling wieder auftauchen – aber vorerst ist er verschwunden. Bis zum ersten Blizzard hatten wir für Greta zum Waten immer ein Plastikbecken gefüllt. Wenn das Wasser frisch war, tauchte sie und schlug unter Wasser mit den Flügeln, um die Stellen unter den Flügeln zu waschen, wobei sie so energisch hineinsprang, dass sie, wenn sie nicht den Kopf drehte, gegen den anderen Beckenrand knallte. Auch gingen wir mit ihr zum Bach, wo sie gern im Schlamm gründelte. Sogar nachdem es geschneit hatte, gingen wir mit ihr hin und wieder noch den Hügel hinab, damit sie in dem sehr kalten Bachwasser herumplanschen konnte. Ihre gelben Füße sind für Schnee ungeeignet; sie hat Mühe, einen Hügel hochzukommen, und dennoch fliegt sie nur, um anzuzeigen, dass sie Hunger hat.

Seit es aber nun so grausam kalt ist, so kalt, dass wir uns schon Sorgen machen, wie sie die Nächte übersteht, eingemummt in ihre Zedernspäne, sogar mit der Decke über der Hundehütte und dem Schnee auf der Decke, ist sie wochenlang in keinerlei Wasser mehr gewesen. Ich hoffe nur, dass ihre Federn nicht ihre isolierende Eigenschaft verlieren, wenn sie nicht baden kann. Ihre Füße, die man ja für erfrierungsanfällig halten würde, wenn sie auf dem Eis steht, scheinen unversehrt zu sein. Wenn ein Fuß unerträglich kalt wird, zieht sie ihn einfach unter das Gefieder und balanciert auf dem anderen. Dann wechselt sie.

11

Guten Morgen, es ist 4.45 Uhr. Gestern ließen mein Sohn und ich uns in der Stadt bei Sheila die Haare schneiden. Ich mag sie, weil sie schnell ist und es ihr egal ist, dass ich ein «Karussell» habe, wie Claire das nennt, was bedeutet, dass ich auf gutem Wege zu einer Glatze bin. Auch will sie meinem Sohn keine Stufen machen. Sie ist eine, die Leuten einfach gern die Haare schneidet. Das ist es – einfach den ganzen Tag lang Locken schnippeln und die Haufen in Müllsäcke fegen. Mein Sohn bekommt ein feierliches Gesicht, wenn ihm die Haare geschnitten werden. Ich betrachtete ihn im Spiegel, wie er mit seinen nassen Haaren auf dem großen Salonsessel saß, das weiße Bäffchen um den Hals – acht Jahre alt, merklich größer als beim letzten Mal, mit guten geraden Schultern und geradem Rücken – und da wollte ich leise Tiergeräusche machen, ein Knurren, aus Liebe zu ihm. Ich kann ihn in der Öffentlichkeit nicht mehr mit Kosenamen wie «Dr. Van Deusen» nennen, das hat er mir verboten. Ich darf jetzt nur noch Henry zu ihm sagen. Henry also. Ich fragte Sheila, was sie von der Seitenverkleidung hielt, die sie an der alten Kongregationskirche in der Stadt angebracht haben. Sie nickte zustimmend und sagte: «Wartungsfreundlich.»

Manchmal, wenn Sheila zu hat oder ausgebucht ist, gehen Henry und ich zu Ronnie's Barbershop. In unserem ersten Jahr hier gingen wir zu Ronnies Vater, der auch Ronnie heißt, ein Mann, der beim Schneiden nickte und die Lippen wölbte. Der Vater ging in Pension, der Sohn übernahm das Geschäft. Der Sohn sieht immer beleidigt aus, er gehört zu denjenigen, deren Mund wie der eines Beleidigten wirkt, obwohl er eigentlich doch ein ganz fröhlicher Mensch ist. Er hat noch die altertümliche Kasse seines Vaters, die ein Klinggeräusch macht, wenn man die Taste drückt. Aber bei Ronnie muss man immer sehr lange warten, weil er niedrige Preise und viel Kundschaft von den nahe gelegenen Militärbasen hat. Ich sehe es gar nicht gern, wenn diesen Armee-Typen die Haare geschnitten werden. Sie wollen es «kahl» oder oben flach. Ihre Köpfe erheben sich von dicken Hälsen und werden oben schmaler wie Mittelstreckenraketen, und wenn Ronnie sich mit dem Rasierer über sie hermacht, enthüllen sich zunehmend Hinterkopffalten. Der Hinterkopf eines Mannes sollte eigentlich nicht zu sehen sein: Die Stelle, an der der Schädel auf die Spitze des Rückgrats trifft, hat etwas Abstoßendes, beinahe Böses. Auch alte Narben – die leidenschaftslosen Zähne von Ronnies Rasierer fahren hin und her über eine weiße, C-förmige Narbe und raspeln die Haare ab.

Ich habe Ronnie gefragt, warum die Leute die Haare so kurz wollen, worauf er sagte, es sei Bequemlichkeit. «Die Leute wollen nicht viel Zeit auf ihre Haare verwenden.» Ich glaube, damit hat Ronnie Unrecht. Diese Männer sind Schniegler. Alle zwei Wochen nehmen sie den ganzen Weg bis nach Oldfield auf sich, wo sie dann eine Stunde auf einem Sessel sitzen und auf ihre enormen kantigen Knie starren und darauf bestehen, dass ihre Haare so kurz wie möglich werden; wohingegen ich mir meine schneiden lasse und sie dann für fünf Monate vergesse. Das Stachelige scheint ihnen zu gefallen – man sieht, wie sie sich beim Hinausgehen über den Schädel streichen. Marinesoldaten, hat Ronnie mir gesagt, wollen ihre Haare kürzer als jede andere Waffengattung gemäht haben. Sie wollen aussehen wie penile Röhren kriegerischer Aggression. Im Grund will ich mit keinem Mann außer meinem Sohn, meinem Vater und noch ein paar anderen etwas zu tun haben. Robert Service, den Dichter, mag ich noch. Jedenfalls gehen Henry und ich deshalb zum Haareschneiden meist zu Sheila.

12

Guten Morgen, es ist 5.07 Uhr. Ich schnarche viel, davon kann Claire nicht schlafen. Sie meinte immer, mich störe wohl ihre Nachttischlampe, aber das allein ist es nicht mehr. Wahrscheinlich schnarche ich, weil am Ende meines Kehldeckels mehr Fett sitzt, was ihn schlaffer macht.

Mein Großvater war ein großer Schnarcher vor dem Herrn. In seiner Jugend hatte er den Ehrgeiz, ein Heilmittel für eine wichtige Krankheit zu entdecken, weswegen er Medizin studierte, danach wurde er dann Forschungspathologe mit dem Spezialgebiet Pilzerkrankungen der Nase und des Gehirns. Als ich fünfzehn war, zahlte er mir etwas, damit ich ihm beim Korrekturlesen seines gigantischen und außerordentlich teuren Werks *Pilzerkrankungen des Menschen* half. Meine Großmutter hatte nach zwanzig Jahren Korrekturlesen und Korrespondenz für ihn schließlich gesagt, sie habe jetzt genug. Ich wurde einer der wenigen Teenager, die *Rhinoenteromophthoromykose* buchstabieren konnte – *Rhino*, weil das Leiden in der Nase beginnt. Etliche Krankheiten, die mein Großvater untersuchte, waren erstmals Anfang der fünfziger Jahre aufgetaucht, nachdem übereifrige Pharmakologen Steroide, die ihrer Meinung nach die neuen Wundermittel waren, in großen Dosen verabreichten, manchmal in Ländern Afrikas und Südamerikas. Mit einer hinreichend heftigen Dosis mancher Kortikosteroide behandelt, bricht das Immunsystem zusammen, worauf die Hyphen, also die Pilzfäden normalerweise harmloser Organismen wie Brotschimmel, Wurzeln schlagen und durch die Venen und Arterien und ins Gehirn wachsen, wo sie Obstruktionen und totes Gewebe auslösen. Die Bilder der todgeweihten Dulder sind grausig.

Das andere Fachbuch meines Großvaters war ein Kompendium von Tricks und Kniffen für verbesserte Obduktionen, reich bebildert von einem netten Mann, der Zimmerpflanzen liebte, und auf einem speziellen Papier gedruckt, das abgewaschen werden konnte, wenn Blut und Schmodder darauf gekommen waren. In der Fachbuchbranche schafft man sich ein regelmäßiges Einkommen damit, dass man alle zwei Jahre eine Neuauflage herausbringt, egal, ob notwendig oder nicht. Sonst konkurriert das Buch mit allen seinen Gebrauchtexemplaren, die im modernen Antiquariat erhältlich sind. Ich half meinem Großvater bei diesen fortlaufenden Ausgaben, und dann, als meine Jobsuche nichts ergab, verschaffte er mir eine Stelle in dem Verlag, der seine Bücher herausbrachte. Und nun, zwanzig Jahre später, was bin ich? Ich bin Lektor für medizinische Fachbücher. Der Job bringt mir siebzigtausend Dollar im Jahr, und er ist nicht furchtbar schwierig. Natürlich sind Ärzte in vieler Hinsicht klug, aber eine ganze Menge sind meiner Erfahrung nach auch dümmliche, leichtgläubige Leute, denen man mit einem Fachbuch sagen muss, was sie denken sollen, bis ein anderes Fachbuch ihnen sagt, dass sie etwas anderes denken sollen.

Einmal, ich war frisch verheiratet, las ich eine Agatha Christie und zwei Dick Francis, und ich dachte, ich müsste früh aufstehen und einen Kriminalroman über Pilzkrankheiten schreiben. Ich ersann mir eine Handlung wie eine komplizierte Maschine – wie so ein mechanisches Kunstwerk auf einem Flughafen, in dem Billardkugeln auf Drahtgleisen herumsausen, Windmühlen drehen und ein Glockenspiel erklingen lassen. Ich füllte ein silbernes Glas – eines von einem Paar, das ein Hochzeitsgeschenk gewesen war – mit kaltem Wasser und nahm ein Stück weiches Weizenbrot aus dem Beutel, und ich ging zu einem Sessel an einem Fenster, von wo aus ich den straßenbeleuchteten Sonnenaufgang betrachtete, und versuchte, über einen Tod durch Pilzeinwirkung zu schreiben. Die Kondensation auf dem Silberwasserglas bildete Muster, die ich genau studierte: Sie bildete einen Flaum aus winzigen Tröpfchen, wie das Geweih eines Rentiers, und dann trat ein Tröpfchen aus der Reihe und tat sich mit anderen zusammen, und plötzlich glitt eine größere Tropfenkuppel, die einiges von dem sie umgebenden Flaum aufgesogen hatte und zu schwer geworden war, um sich an seinem Ort auf der silbernen Fläche zu halten, zwei Zentimeter abwärts, gewann dann weiter an Stärke und glitt, die Richtung ändernd, um einem unsichtbaren Widerstandspunkt auszuweichen, weitere zwei Zentimeter hinab. Schließlich waren fünf, sechs solcher Spuren da, und indem ich von dem Wasser trank, beeinflusste der sinkende Wasserspiegel die Textur der Tröpfchen und die Pfade auf der Außenfläche.

Und so saß ich da und blickte hinaus auf die trübe Welt, aß Weizenbrot, trank kaltes Wasser und hoffte, dass ich ein erstes Kapitel zustande brachte, in dem die Leiche entdeckt wird. Ich schrieb vierzehn Seiten. Dann fiel Claire und mir ein rätselhafter süßlicher Geruch in unserer Wohnung auf. Er wurde schlimmer. Wir sagten dem Hausverwalter, wir vermuteten, auf dem Dach sei ein Waschbär gestorben. Der Verwalter ging das Dach ab und fand nichts. Dann kamen die scheußlichen schwarzen Fliegen, die größten, die ich je gesehen hatte. Die Frau nebenan verstopfte mit einem Handtuch den Spalt unter ihrer Tür, um den Gestank abzuhalten. Wir dachten, vielleicht sei bei der Feststoffabfallanlage in unserer Straße etwas passiert. Aber dann stellte sich heraus, dass der Mann unter uns gestorben war. Ich dachte, ich will keinen Kriminalroman mit einer Handlung wie eine Maschine schreiben; ich will keine Leiche daliegen haben, die eine kleine Phantasiewelt in Gang setzt.

Das *Obduktionshandbuch* meines Großvaters, das bescheiden, aber stetig lief, wurde ins Spanische übersetzt. Er glaubte, die Welt brauche in erster Linie mehr Autopsien. Das sagte er uns zu Weihnachten, und er sagte es uns zu Thanksgiving; er sagte es uns auf einem Deckchair bei einer Fahrt auf dem Rhein. Bessere Diagnosen, geschicktere Chirurgen, klügere Ärzte, glücklichere Patienten, das alles wäre das Ergebnis von mehr Autopsien. In seinem Testament verfügte er, dass an seinem Leichnam eine Autopsie durchgeführt würde, was auch geschah. Aber einmal sagte er zu mir: «Neonlicht ist schlecht für die Augen. Such dir ein Leben, bei dem du im Freien bist.» Ich arbeite den ganzen Tag bei Neonlicht; so schlimm ist das gar nicht. Aber vielleicht habe ich ja deshalb so ein Verlangen nach diesem Feuer, das hübsch zischt, nachdem ich noch mehr von dem Pappkarton von gestern hineingetan habe.

Mein Großvater war überzeugter Fußgänger, und beim

Gehen sang er ziemlich außer Atem Lieder von Purcell – «I'll Sail upon the Dog-star» und «I Attempt from Love's Sickness to Fly-hi-hi-high in Vain». Später wurde er wirr und sang nicht mehr, dafür trat er für weltweite Zwangsentwaffnung ein, und in Restaurants ging er zu Rauchern hin und sagte: «Macht's Spaß, sich umzubringen?» Immerhin spielte er weiter Klavier – immerzu spielte er im Kellergeschoss ein bestimmtes Prélude in e-Moll von Chopin. Als meine Großmutter sich den Rücken angeknackst hatte und im Bett lag und sich überlegte, ob sie den Notarzt rufen solle, zog sich mein Großvater nach unten zurück und spielte mehrmals das Prélude in e-Moll von Chopin. Der Rest seines Geistes machte dicht, aber der Musikknoten ging einfach weiter.

Einmal, als ich vierzehn war, kam ich bei meinen Großeltern nach zwölf Stunden im Bus an. Wir setzten uns zum Essen hin. Höflich fragte ich meinen Großvater, welche Fortschritte seine medizinische Arbeit mache. «Ich überlege, ob ich ein neues Forschungsprogramm anfange», sagte er. «Mir scheint, eine wirksame Heilmethode der Gesichtsläsionen in der Pubertät wäre ein Beitrag für die Menschheit. Beispielsweise fällt mir auf, dass du da etliche Aknepusteln auf der Stirn und auf der Nase hast, und ich frage mich, ob du findest, dass diese Krankheit ein fruchtbares Forschungsprogramm ergeben könnte.» Ich sagte: «Hm, ja.» Dann kam das liebe, nervöse Lachen meine Großmutter.

13

Guten Morgen, es ist 5.36 Uhr. Ich stelle fest, dass eine dicke, in einen aus zwei heißen Scheiten gebildeten Briefschlitz gesteckte Postwurfsendung ein unlustiges Feuer manchmal zu seinem nächsten Schritt bewegen kann. Oder versuchen Sie es mit einer Glühbirnenschachtel – schieben Sie diese leichte Brennbarkeit an die Stelle, wo Sie das Feuer hin haben wollen. Heute Morgen ging ich nach dem Aufwachen pinkeln und legte mich danach unerklärlicherweise wieder hin, lag dann eine Weile da und überlegte, wie es wäre, mit einem Schnellboot über den Wasserrand der Welt hinauszufahren. Wie ich so wach dalag, schien es mir, dass die Welt tatsächlich eine Scheibe war, und als ich ihren Rand erreichte und sah, wie die gewaltige, schimmernde Kurve des Ozeans über die Kante ging und hinabfiel, beschleunigte ich. Es war wie der Sturz in einem Fass die Niagarafälle hinab. Mein Boot fiel und drehte sich im Fallen, aber ich hielt mich am Steuerrad fest, um nicht davon getrennt zu werden. Ich stürzte auf eine Nebelregion zu, die ich für den Boden hielt, und machte mich darauf gefasst, auf den Felsen zerschmettert zu werden, aber nein, ich war vom Rand der Weltscheibe gefallen, und die Welt war ziemlich dick: Ich gelangte durch den Nebel in eine Region, die wie eine Salzdusche roch und wo der Ozean an dem inneren geschmolzenen Erdsandwich vorbeifloss. Der Dampf trocknete schließlich weg, und ich stürzte an einem Querschnitt halb plastischer Geschmolzenheit vorbei, und dann, im weiteren Fallen, schoss ich wieder durch den Nebel, der den Bootsrumpf kühlte, und ich stieg auf, vorbei an einem weiteren Wasserfall, der denjenigen spiegelte, über den ich gefallen war; und dann erreichte der Bug meines Boots, dessen Fahrt sich verlangsamte, ungefähr sieben Meter in der Luft einen Wendepunkt, und klatschend fiel ich auf den grauen, kabbeligen Ozean auf der anderen Seite der Erde. Im Kampf gegen das Wasser, das mich wieder hinunterdrücken wollte, fuhr ich mit dem Boot an Land. Alles war mehr oder weniger normal, und ich aß etwas in einem Bickford's und gab ein größeres Trinkgeld, aber ich wollte nach Hause, auf die «wirkliche» Seite der Erde, die Seite, auf der ich geboren worden war, und das Telefonnetz auf der Unterseite, wo ich war, reichte nicht bis auf die andere Seite: Daher fuhr ich mit meinem Boot nach einer Nacht in einem Motel wieder an den Rand des Ozeans und schleuderte mich und mein Boot hinaus in die Leere, so weit, dass ich, die Sterne im Rücken, eine gute Sicht auf den Katarakt hatte, der in die Lavaschichten hinabfiel, und dann schnellte ich das Heck meines Boots wie ein erfahrener Skateboarder am äußersten Aufstiegspunkt hoch und legte eine saubere Klatschlandung auf unserem Ozean hin. Wenige Stunden später war ich zu Hause.

Das dachte ich, als ich dalag. Dann stand ich auf und kam hier herunter und machte den Kaffee. Manchmal, wenn ich mir vorstelle, wie ich über den Rand der Erde fahre – es ist kein täglich wiederkehrendes Thema, aber es taucht doch immer mal auf –, überlege ich, wie es wohl wäre, einen kleinen Spaziergang der untergehenden Sonne entgegen zu machen und dann über einen Stein zu stolpern und, o je, ich bin von einer Felswand gefallen. Und dann schaue ich mich im Fallen um – Moment mal, das ist nicht irgendeine Felswand, anscheinend bin ich über den Rand der Erdscheibe gefallen. Bei meinem Sturz versuche ich, meine Sinne beisammenzuhalten, und blicke hinab, wohin ich falle, und da sehe ich eine riesige brennende Schmelzkuppel auf mich zukommen: die Sonne. Ja, tatsächlich, ich falle auf die Sonne zu, die, wenn sie untergeht, sich hier am Rand der Welt über Nacht ausruht und die Lava in der Mitte aller Dinge am Blubbern hält. Zum Glück habe ich meine magische Sonnenbrille auf, sodass es bei meinem Sturz in die Sonne, die wie eine Lokomotive röhrt, für die Augen nicht so schlimm ist, und dann werde ich wieder herausgequetscht, und ich falle – das heißt, steige – vorbei an Steinen und Wurzeln, bis ich beinahe am Rand der Unterwelt bin, und dort packe ich eine Wurzel und halte mich daran fest und ziehe mich baumelnd daran hoch, sodass ich mit dem Kinn über den Rand komme, und ich habe kurz die Gelegenheit, mir ihre Beschaffenheit anzusehen. Es ist ein grasiger Ort mit Bäumen und einer neu entstehenden Siedlung, jedes Haus mit einem pseudopalladianischen Fenster über der Haustür. Und dann gibt die Wurzel nach, und ich stürze wieder durch die untergegangene Sonne: Hinunter wird wieder hinauf, und ich bin wieder auf dem Grasrand, wo ich meinen Spaziergang begonnen habe.

Claire und ich sind gestern dort spazieren gegangen, wo früher die Straßenbahn nach West Oldfield abfuhr. Als wir losgingen, gab es noch reichlich Nachmittagslicht, und dann kamen die langsam röstenden orangen Wolken, und als wir dann an den kleinen Friedhof gelangten, von wo man bis zu dem kleinen See blicken kann, hatte das Licht jenen verarmten Schein angenommen, der die Netzhaut veranlasst, aus den Farbresten noch das Letzte rauszuholen, weil die Gesamtwattleistung des Lichts so radikal reduziert ist. Wo der Schnee geschmolzen war, machte sich die braune Nadelschicht auf dem Boden mit einer verstärkten Blässe bemerkbar, und in dem Dämmer winkte mir ein handschuhförmiger Flecken cremefarbener Flechte auf einem Grabstein zu und weckte in mir den Wunsch, einer zu sein, der sein Leben dem Studium der Flechten weiht. Ich sagte Claire, ich hätte Flechtenwissenschaftlergedanken, wünschte, ich wäre ein Flechtenmann geworden, worauf sie nickte. Das hatte sie schon früher von mir gehört.

Ich verbrenne jetzt ein Häufchen kleiner Kiefernzapfen, die ich auf dem Spaziergang gesammelt habe. Eine der Freuden des Lebens ist, finde ich, auf einem Grabstein den Namen zu entziffern, wie er durch das dichte Laubwerk blaugrüner Grabsteinflechten übermittelt wird. Manche Menschen putzen den Grabwuchs mit Chemikalien und Drahtbürsten weg, ein Fehler.

Wo habe ich erst kürzlich jene interessante blaugrüne Flechtenfarbe gesehen? Gestern Morgen – nein, vorgestern –, als ich die Haube unseres Mazda-Minivans öffnete, um den Behälter der Scheibenwaschanlage aufzufüllen. Ich hatte den Motor angelassen, damit der Wagen warm wurde, und die Taste gedrückt, die die heizbare Heckscheibe aktiviert – lange Drähte wie Notenlinien, ähnlich elegant angelegt wie ein im Glas begrabener Eierschneider, der das Eis mit verblüffender Wirksamkeit schmilzt – und dann zog ich den Hebel zur Motorhaubenentriegelung und hörte die Haube aufspringen. Ich stützte sie auf ihre kalte Stange. Die Waschflüssigkeit ist in einem L-förmigen Behälter, in den eine Darstellung von einem Scheibenwischerschwung eingepresst ist. Sie war bis auf den letzten Tropfen verbraucht, leer gespritzt. So ist das nicht sicher. Wenn die Lkw die Straßen streuen, fängt der weiße Film von der Salzlösung auf der Windschutzscheibe manchmal den Schein der aufgehenden Sonne ein und verdeckt die Straße vollständig und zwingt mich dazu, den Kopf aus dem Fenster zu strecken, damit ich sehe, wohin wir fahren. Das Plastik war kalt und unbeweglich, die Kanten taten an den Fingern leicht weh. Ich goss die rosa Flüssigkeit hinein. Der leer laufende Motor ließ seine Schläuche erbeben. Als der Tank voll war, drückte ich den Deckel wieder darauf, zog die Haubenstütze aus ihrem ovalen Loch, senkte sie herab und stieß sie in die Metallzinken, die in der gossenartigen Gegend warten, wo die Form der Haube passt. Und dann, kurz bevor ich die Haube zufallen lassen wollte, bemerkte ich, dass auf der Batterie um einen ihrer Pole ein reizendes Exsudat gewachsen war, eine elektrische Flechte.

Mir ist nicht klar, warum ich zu einem wurde, der Rhinoenteromophthoromykose buchstabieren kann und dessen Autoreparaturkenntnisse nur bis zum Auffüllen der Scheibenwaschflüssigkeit reichen. Als Teenager montierte ich von meinem Zehngangfahrrad so viel ich konnte ab und setzte es wieder dran, weichte die Radlager über Nacht in Benzin ein und packte sie voll frischer, blasser Schmiere wieder auf den Konus. Ach, war das ein Vergnügen, klickernd eine belaubte Straße mit frisch geschmierten Radlagern dahinzugleiten. Aber den nächsten Schritt, an Autos herumzubasteln, habe ich nie getan.

Wenn ich es mir recht überlege, war das Fahrrad der Anfang meiner Ende-der-Welt-Gedanken: Ich fuhr eine lange gerade Straße hinab, und die Straße wurde immer steiler, bis sie sich schließlich vertikal hinabstürzte und die Sterne sich um mich versammelten und ich an den Schichten vorbeifiel, und irgendwann auf dem Weg entstand seitlich an der Steilwand eine Straße, auf der landete ich dann und strampelte so fest ich konnte den sehr steilen Berg hinauf, der daraus wurde, und als ich dann schließlich die Spitze erreichte, war ich in der Unterwelt.

14

Guten Morgen, es ist 5.25 Uhr – einmal habe ich einem Arzt aus Frankreich erzählt, ich könne mich mit Hilfe von Albträumen zu einer vorgegebenen Zeit aufwecken, worauf er sagte, sein Vater, der Soldat gewesen sei, habe ihm beigebracht, wenn man sich wecken wolle, beispielsweise morgens um fünf Uhr, müsse man einfach fünfmal mit dem Kopf aufs Kissen schlagen, bevor man die Augen schließt, dann wache man auch um fünf auf. «Aber wie machen Sie dann halb sechs?», fragte ich ihn listig. Er sagte, um um halb sechs aufzuwachen, müsse man einfach noch etwas anderes mit dem Kopf machen, mit dem Kinn ein bisschen rucken, um den zusätzlichen Bruchteil anzuzeigen, das Schlaf-Ich würde die Mathe dann schon selbst erledigen. Ich habe es versucht, und es funktioniert auch, nur schläft man viel schwerer ein, weil der Kopf kurz davor wiederholt aufs Kissen geschlagen worden ist.

Unglaublich: Ich bin vierundvierzig Jahre alt. Das Unglaubliche daran ist, dass meine Kinder acht und vierzehn Jahre alt sind und noch immer bei uns wohnen. Jeden Morgen, nachdem sie ihre Jeans gebügelt hat, fahre ich Phoebe zur Schule. Erst vor einigen Monaten ist mir aufgefallen, dass mein Vater mich, als er in meinem jetzigen Alter war, schon verloren hatte – das heißt, ich war schon ans College gegangen und ausgezogen. Meine Eltern waren bei meiner Geburt dreiundzwanzig, was bedeutet, dass mein Vater erst einundvierzig war, als er mit mir zum College fuhr und mir meine erste Schreibmaschine kaufte. Wie es wohl für ihn war, mich zu verlieren? Vielleicht gar nicht so schlimm. Vielleicht hat man sich schon an den Gedanken gewöhnt, wenn es dann passiert.

Die elektrische Schreibmaschine, eine Olivetti, die mein Vater mir kaufte, hatte – es waren die Siebziger – ein edles italienisches Design, wie ein Bugatti aus jener Zeit, sehr sauber, keine scharfen Kanten, aber auch keine unnötigen Aerodynamizismen. Es gab ein schönes klatschendes Geräusch, wenn eine Type auf dem Papier aufschlug. Eine Woche nachdem ich sie bekommen hatte, überklebte ich alle Tasten mit schwarzem Isolierband, und so lernte ich tippen. Ich nahm sie mit nach Frankreich und tippte damit französische Aufsätze. Sechs Jahre später wurde sie aus Claires Wohnung gestohlen, die Diebe kamen über die Feuerleiter herein. Sie stahlen auch ihren Minifernseher und die Boxen ihrer Zimmergenossin. Ich finde es bemerkenswert, dass mein Vater mir zum Abschied eine Schreibmaschine schenkte, als er jünger war als ich jetzt.

Gestern Abend habe ich meinem Sohn die Haare gewaschen und dabei gedacht, was ich immer dabei denke: Wie viele Jahre sind es noch, bis ich kein Kind mehr habe, das so jung ist, dass ich ihm die Haare wasche? Phoebe duscht jetzt immer lange und wäscht sich natürlich selbst die Haare. Der Verlust genügt, um darüber die Fassung zu verlieren – und das ist kein Scherz. Der Morgenhimmel zeigt sich jetzt: Der Schnee ist weniger grau als vielmehr ein sehr helles Blau. Und zwar grey mit *e* – das ist ein Beispiel der englischen Schreibweise, das ich akzeptiere (*aeroplane* ist auch nicht schlecht) und nicht nur, weil ich es auf der Earl Grey-Teedosen lesen gelernt habe, die meine Mutter hatte. Mit *e* geschrieben, verbirgt *grey* den breiten, groben Ton des *a* zur Hälfte hinter den verhüllenden Nebeln des *e*. Es ist selten, dass in einem einsilbigen Wort so viel los ist.

Einmal habe ich den Earl of Grey in der *Merv Griffin Show* gesehen, einer Nachmittagssendung mit dem stets fröhlichen und stets braun gebrannten Merv Griffin. Der Earl of Grey hatte dreierlei zu sagen: Erstens, man kann keinen guten Tee in der Mikrowelle machen; zweitens, das Wasser sollte nicht kochen, sondern kurz davor sein; und drittens, er wünschte, Twinings hätte sich den Begriff *Earl Grey* schützen lassen, der von jedem benutzt werde. Der arme Mann hatte seinen Namen verloren.

Ebenfalls in der *Merv Griffin Show* sah ich eine Vater-Sohn-Nummer, bei der der Sohn, der sieben oder acht war, auf einer Leiter zu einem Stuhl kletterte, der auf die Spitze einer langen Stange geschweißt war. Der Vater balancierte diese Stange auf der Hand, dem Fuß, hob sie dann hoch und setzte sie sich aufs Kinn. Aber da lief dann etwas schief. Der Vater war vorher noch nie im Fernsehen gewesen, den Eindruck hatte man, und er war nervös, und die Scheinwerfer waren heller und heißer als die, unter denen er geprobt hatte, und er wusste, dass er für seine Nummer weniger Zeit als sonst hatte, nur zwei, drei Minuten, bevor sie in die Werbepause gingen. Daher schwitzte er mehr als üblich im Gesicht – es lief ihm regelrecht runter. Er und sein Sohn trugen eine Höhlenmenschenkluft mit Leopardenmuster –

ein verrückter Aufzug mit Gürtel und Schulterhalter, wenn ich mich recht erinnere. Vielleicht fand seine Frau die Kostüme niedlich, denn die hatte sie gemacht.

Der Mann warf den Kopf zurück und brachte das Kinn unter dem Kinnmuldenende der Stange, die seinen Sohn in der Luft hielt, in Position, setzte es darauf und breitete die Arme aus. Aber dann sah ich zwei rasche, ruckartige Korrekturen – vielleicht war auch der Sohn nervös und zappelte einen Augenblick –, und eine dieser Bewegungen bewirkte, dass die Kinnmulde vom ungewöhnlich glitschigen Kinn des Mannes abrutschte. Sie rutschte ihm den Hals hinab, und seine Halssehnen wurden, wobei er das Gesicht verzog, zu Dutzenden einzelner Stränge, und die Stange rutschte immer weiter, bis sie in der Kuhle unmittelbar über dem Schlüsselbein zum Stehen kam, wo er sie aufrecht hielt, indem er die Halsmuskeln anspannte, damit sich die Stange nicht in das weiche Gewebe dort grub. So hielt er sie zitternd einige Sekunden, bis das Orchester den Triumphtusch machte und der Applaus kam, und dann hob er die Stange an, brachte sie herunter, und der Sohn sprang ihm auf die Arme, und die beiden machten eine Verbeugung in ihrem identischen Höhlenmenschenoutfit mit dem Leopardenmuster.

Jedenfalls badete ich Henry und sah seine ganze Stirn, wie es immer ist, wenn das Kind in der Wanne sitzt – die ganze hohe, glatte Stirn, während ich das Shampoo ausspülte, und ich zeigte zum Badewannenende hin, womit ich meinte: «Schau ganz zurück», damit sein Kopf sich weit genug zurückneigte, dass ich das Shampoo aus den Haaren unmittelbar über der Stirn ausspülen konnte, und ich sah sein junges Gesicht, das mir vertraute, dass ich ihm kein

Wasser in die Augen tropfte, und sein Mund war an einer Seite seiner Unterlippe aufgesprungen, weil er die Zungenspitze immer an der Seite herausstreckt, wenn er sich konzentriert, was ein genetisches Verhalten ist, das er von meinem Schwiegervater geerbt hat (der die Zunge in den Mundwinkel schiebt und darauf beißt, wenn er eine Handlung von geringerer manueller Gewandtheit ausführt; auch ihre Köpfe und Ohren sind ähnlich geformt) – und da dachte ich, ich habe Henry nur noch ein paar Jahre als kleinen Jungen. Schon jetzt stoßen seine Füße, wenn er die Beine ausstreckt, an das Hahnende der Wanne. Ich weiß noch, wie stolz Phoebe war, als sie beide Enden der Wanne berühren konnte – «Ganz schön gewachsen!», sagte ich da zu ihr. Und ich weiß sogar noch, wie stolz ich selbst war, als ich beide Enden der Wanne berühren konnte. Ganze Generationen wachsen, bis sie beide Enden der Wanne berühren können. Das ist alles zu viel für mich.

15

Guten Morgen, es ist 4.04 Uhr, und heute Morgen habe ich den Kaffee sehr stark gemacht. Zwei zusätzliche Dosierlöffel im Dunkeln. Der Kater wollte gefüttert werden, aber die Regel für den Kater lautet, nicht vor halb sieben, sonst kommen Tage, das garantiere ich, wo ich schlafen und der Kater zu der Zeit fressen will, die seine gewohnte Zeit geworden sein wird. Wenn wir noch schlafen und er denkt, dass es jetzt aber allmählich Zeit fürs Frühstück wird, fährt er mit den Krallen in den Stoff an der Matratzenseite und zupft das Bett wie eine riesige Harfe.

Auf meinem Weg durchs Esszimmer nach einem augenwässernden Biss von einem Apfel sah ich einen kupfrigen Schimmer schwappender Flüssigkeit, wo mein Kaffeebecher sein musste. Wieder einmal glaubte ich, es müsse das Mondlicht sein – Mondlicht im Morgenkaffee –, aber nein, da ist doch gar kein Mond. Und dann erkannte ich, indem ich damit experimentierte, wie ich den Kaffee hielt, dass das, was ich sah, eine flüssige Spiegelung des Lichts von meinem neuen Freund, dem kleinen Birnchen im Rauchmelder, war.

Der Kaffeebecher steht auf dem Ascheimer und wird an

der dem Feuer zugewandten Seite heiß. Aber auf der anderen Seite, an der ich trinke, bleibt er kühl. Dieser Becher hat einen blauen Streifen ganz herum, wo man trinkt, ist ein Stückchen abgeschlagen. Jedes Mal, wenn ich einen Mund voll lauen Kaffee einsauge, habe ich auch die scharfkantige, kalkige Keramikbruch-Empfindung, eine gute Kombination.

Ich habe jetzt die Augen geschlossen. Die Flammen machen semaphorische Rhythmen auf meinen Lidern. Gerade hatte ein Juckreiz einen Gastauftritt auf meiner Wange, in den Ausläufern meines Barts – wenn das Feuer heißer wird, kann es einem im Gesicht jucken –, und da fiel mir auf, dass ich mir angewöhnt habe, die Wange mittels meiner Zunge von innen zu stützen und die Haut ein wenig zu spannen, wodurch ich eine feste Basis schaffe, auf der ich kratzen kann. Nun frage ich mich, wann ich damit begonnen habe, der Kraft meines Fingerkratzens den Zungendruck durch die Wange hindurch entgegenzusetzen. Das muss Jahre her sein; ich habe darüber nicht Buch geführt. Einmal hatte ich eine Aktentasche mit einem langen Kratzer darin. Ich war nach dem College auf der Suche nach einem Job, und mein Vater, bei dem ich da wohnte (nachdem meine Eltern sich ein, zwei Jahre davor getrennt hatten), kaufte mir eine handgenähte Aktentasche aus dunklem Leder – nicht die Anwaltvariante mit den entbehrlichen Blasebalgen, sondern ein einfacheres Modell mit zwei Ledergriffen, die ins Innere der Seiten des Mittelfachs hinabglitten. Die Aktentasche stand auf einem Stuhl mitten in meinem Zimmer – jeden Tag wachte ich auf und sah sie da und wurde von ihr beglückt. Darin war ein Ordner mit meinen sämtlichen vier unvollendeten Gedichten und einer mit meinem Lebenslauf und einige weitere leere Mappen für später, wenn ich einmal mehr Sachen abzulegen hätte. Mein Vater begann um neun mit der Arbeit, also sah ich ihn morgens nicht, aber er hinterließ mit Zettel – NEUE SCHACHTEL <u>CHEERIOS</u> stand auf so einem Zettel in seiner schnellen, aber Kalligraphie-beeinflussten Druckschrift, dazu ein spätviktorianischer Pfeil, der auf die ungeöffnete Schachtel Cheerios zeigte, die genau im richtigen Winkel zum Papier aufgestellt war. Bei den Cheerios lagen Bananen (häufig), dann zeichnete er eine Hand mit einem ausgestreckten Zeigefinger, der die Aufmerksamkeit darauf lenkte. HIER FRISCHE BANANEN!, lautete die Nachricht, und das Ausrufezeichen hatte seinen eigenen Fallschatten. Ich wünschte, ich hätte jede Morgennotiz, die mein Vater mir je geschrieben hat. Ein paar habe ich, glaube ich, hoffe ich.

Ich stand also um halb elf auf, duschte und telefonierte mit Claire, und dann ging ich mit meiner neuen Aktentasche in die Welt hinaus, um mein Glück zu machen, wozu auch gehörte, dass ich ungefähr eine Stunde in der Stadt herumlief, bis ich Hunger bekam. Eines Tages ging ich in eine Cafeteria, um einen Hamburger zu essen. Ich setzte mich an einen Tisch, die Aktentasche in der einen Hand, mein Tablett mit einem Hamburger und einem mittelgroßen Rootbeer, Krautsalat, Kaffee und einem Stück Pecankuchen darauf in der anderen, als der Becher Rootbeer irgendwie umkippte und sich in meine neue Aktentasche ergoss. Ich stieß einige schlimme Ausdrücke aus und ließ das Rootbeer aus der Aktentasche aufs Tablett laufen. Mein Lunch bereitete mir wenig Freude, obwohl die Pilze auf dem Hamburger ganz gut waren. Als ich fertig war, rief ich von einem Münztelefon meinen Vater an und erzählte ihm, was passiert war. Er sagte, ich solle zu Paul's Shoe Repair gehen und eine Dose Neat's Foot Oil kaufen und sie damit einreiben. Was ich tat. Ich rieb sie nicht nur ein, ich goss es hinein, von innen. Es funktionierte: Die Kombination aus Rootbeer-Zucker und Schuhöl machte das Leder dunkler, und eine Weile roch es seltsam, doch die Aktentasche war in Ordnung, besser denn je.

Dann, bei der Beerdigung meines Großvaters, sagte einer meiner allzu erfolgreichen Vettern ersten Grades, die allesamt in Yale Medizin studierten und – hrrm! – voller seichter Kompetenzen stecken: «Komm, das kann ich doch nach hinten tun», wrang mir meine Aktentasche aus der Hand, schleuderte sie hoch und ließ sie auf dem Ersatzreifen im Kofferraum seines Mietwagens landen. Er packte sie an beiden Seiten und schob sie weiter in den Kofferraum hinein, ohne zu merken, dass aus den Tiefen des Kofferraums ein langer Zapfen mit einer rauen Kante ragte, an dem das Reserverad befestigt war, und dass dieser Zapfen das Leder zerkratzte, als er meine Aktentasche darüber schob. Es war kein oberflächlicher Kratzer – das war ein echter tiefer Riss, eine ein Zentimeter breite Wunde, die über eine ganze Seite verlief und die ungegerbte Schicht des Leders freilegte. «Entschuldige», sagte mein Vetter. Ich ging mit meiner Aktentasche zu einer Steinbrüstung mit einer runden Zierkugel aus Zement in einer Urne, und ich hämmerte ein paarmal mit der Faust gegen die raue Fläche der Urne. Wenn man die Faust fest ballt, kann der Muskel des kleinen Fingers, der an der Handkante entlangläuft, kontrahieren und überraschend elastisch werden, und wenn man das Faustballen genau richtig timt, kann man das jähe Kontrahieren des Muskels so einsetzen, dass er die Faust zum nächsten Schlag in die Luft zurückbefördert. Am Flughafen besah sich mein Vater den Kratzer auf der Aktentasche und sagte: «Ich würde damit zu Paul's Shoe Repair gehen.» Paul schliff die rauen Ränder des Kratzers glatt und färbte ihn mit einem Schokoladenbraun ein, das nicht perfekt passte, aber der Urfarbe dennoch sehr nahe kam. Ich hatte die Aktentasche fast fünfzehn Jahre in Gebrauch, bis schließlich beide Griffe abrissen. Jetzt ist sie in einem Karton auf dem Dachboden.

16

Guten Morgen, es ist 4.55 Uhr. – Gestern Abend ging ich um halb neun ins Bett, und heute Morgen wachte ich auf und hatte eine der besten Stellungen im Bett gefunden, in denen ich je gelegen habe. Anscheinend gelingt mir das Schlafen immer besser. Kein Teil von mir tat weh oder war steif; ich schwebte auf einem idealen Winkel von Kissen zu Schulter. Ich lag noch fünfzehn Minuten da und dachte an damals, vor langer Zeit, als ich eine Hausameise namens Fides hatte, und dann hörte ich Henry aufstehen und pinkeln und zu uns ins Zimmer kommen. Seine Decke war heruntergerutscht, und er war ausgekühlt. Ich hob unsere an, damit er hereinkonnte, ein kleiner, zitternder Junge mit einer sehr kalten Hand, die er mir auf die Schulter legte. Claire schlief. Wir drei lagen eine Weile da, Henrys Nase an meinem Rücken, bis er warm wurde und einschlief; dann schaffte ich es irgendwie, mich unten aus dem Bett zu gießen, ohne ihn oder Claire zu wecken, sodass ich hier herunterkommen und den Morgen entflammen konnte. Gerade habe ich eine bunte Anzeigenbeilage von Sears zerknüllt. Deren Slogan ist «Das gute Leben zu einem tollen Preis». Jedes Jahr an meinem Geburtstag ging meine Mutter mit mir zu Sears und kaufte mir ein neues Paar Arbeitsstiefel. Sie kosteten fünf Dollar, und nach einigen Monaten wurden sie an der Kappe sehr weich. Gute Stiefel waren das, eigentlich tolle Stiefel. Stiefel nutzen sich ab, aber wie viele Steckschlüsselsätze und Kreissägen kann der Mensch kaufen? Ich habe die zerknüllte Sears-Wurfsendung angezündet. Blaue Tinte brennt manchmal leuchtend grün.

Home Depot gehört zu den Dingen, die Sears wehtun. Claire hat die unbehandelte Hundehütte, die wir als Enten-Château benutzen, bei Home Depot gekauft. Und am vergangenen Wochenende fuhren wir da hin, um einen Minikühlschrank zu kaufen, damit unsere Hausgäste das Frühstück zukünftig in ihrem Gästezimmer einnehmen können, mit ihrer eigenen Butter und der eigenen Milch für ihren Kaffee und ihrer eigenen megacoolen Kantalupemelone. Es ist zwar richtig, dass man mit Hausgästen morgens sehr gute Gespräche führen kann, wenn jedem die Haare in neuartige Richtungen abstehen, aber ebenso richtig ist, dass Gast wie auch Gastgeber am vierten Tag, heiser von gezwungener Fröhlichkeit, merken, dass sie es vielleicht vorziehen, im Pyjama die Zeitung in verschiedenen Teilen des Hauses zu lesen. Also suchten wir uns einen Minikühlschrank aus. Wir standen lange im Gang und warteten darauf, dass jemand mit einem elektrischen Lift kam, mit dem er einen der diversen verpackten Kühlschränke, die auf einem oberen Regal standen, herunterholen konnte. Endlich kam der Kühlschrankholer. Es war ein kleiner Mann, der uns früher schon einmal bei Wasserhähnen beraten hatte. Dieses Home Depot beschäftigt, wenn ich mich nicht irre, etliche sehr kleine Menschen, und meistens kennen sie sich am besten aus. Wenden Sie sich gleich an den bärtigen Zwerg mit dem Werkzeuggürtel, wenn Sie den besten Rat haben wollen.

Er stieg mit dem Lift auf und machte sich, fünf Meter hoch in der Luft, an dem Minikühlschrank zu schaffen. Dabei pfiff er laut einen Supertramp-Song, um zu übermitteln, dass alles in Ordnung sei. Ich wollte ihn nicht nervös machen, indem ich ihm bei seinen Bemühungen zusah, also drehte ich mich um und schaute den Gang entlang. Dort war einiges los. Ein Paar entschied sich zwischen zwei weißen Rohrstücken, und etwas weiter sah ich eine füllige Frau in Pullover und Leggings auf etwas zeigen. Sie hatte viele Haare. Sie bestieg eine bewegliche Metalltreppe, eine mit Rollen am einen Ende und Gummiknubbeln am anderen, sodass die Knubbel, wenn man sich mit seinem ganzen Gewicht darauf stellt, als Bremse wirken, und nahm einen Toilettensitz von einer Auslage. Sie betrachtete ihn von unterschiedlichen Seiten – ein großes engelhaftes Oval in der Luft über den Köpfen der Erdgeschosskäufer –, dann reichte sie ihn zu ihrem Ehemann hinab. Er hielt ihn eine Weile, nickte und reichte ihn ihr wieder hinauf. Sie hängte ihn an die Haken zurück. Inzwischen war unser Minikühlschrank gelandet.

Jetzt haben wir also einen ganz hübschen Minikühlschrank im Gästezimmer stehen. Henry und Phoebe haben ihn ausgepackt, die ganzen blauen Streifen abgezogen. Es war ähnlich, wie wenn man einen neuen Drucker auspackt, an dem immer klebrige-aber-nicht-zu-klebrige Streifen die verschiedenen beweglichen Teile festhalten.

Und nun ist Henry in dem von der Morgendämmerung erhellten Wohnzimmer erschienen. Gerade habe ich ihn gefragt, ob er in unserem Bett gut geschlafen hat.

«Ja, es war ganz warm», sagte Henry.

Ich fragte ihn, wovon er so früh aufgewacht sei.

«Weißt du, Dad, Mam hat gesagt, sie wollte mir noch was aus dem Buch vorlesen, das wir gerade lesen, und da hab ich mal sehen wollen, ob sie schon wach ist. Und als ich gespürt hab, wie warm es ist, hab ich mich reingekuschelt. Da gehörte ich dazu.»

Henry setzt das Wort Dad praktisch in jeden Satz, den er zu mir sagt. Anscheinend will er das Wort Dad sagen. Wer ist dieser Dad? Ich.

«Dad, bloß noch zwei Jahre, dann bin ich zehn», hat er gerade zu mir gesagt. Er hat einen Eierkarton ins Feuer geworfen. Gestern hat es große zottige Flocken geschneit; der wilde Wein am Ende unseres Rasens und die hohen Fichten drüben im Tal sind vom Schnee eichhörnchenschwänzig. Und nun kann ich die Krähen hören, die Vögel, die das Ende meines geheimen Morgens verkünden.

17

Guten Morgen, es ist 4.03 Uhr, früh, früh, früh. Während die Kaffeemaschine schmurgelte und ächzte, machte ich etwas Neues: Ich spülte eine Schüssel, die ich gestern Abend eingeweicht im Spülbecken hatte stehen lassen. Claire hatte einen bahnbrechenden Nudelauflauf gemacht, den wir zu drei Vierteln aufaßen. Ein Viertel ist nun im Kühlschrank gebunkert. Als ich die Kanne der Kaffeemaschine füllte, klickte sie gegen die Glasschüssel, und da dachte ich, ach, was soll's. Als ich anfing, war die Schüssel voll mit nachtgekühltem Wasser. Ich hielt die Hand hinein. Der Schaum war weg, das Wasser reglos – es war wie ein Morgenbad im See im Ferienlager, nicht dass ich das jemals getan hätte. Ich ertastete einige harte Stellen am Boden, die geschrubbt werden mussten, außerdem lauerten da unten auch noch zwei Gabeln. Ich war froh, dass ich um die Gabeln wusste, denn wenn ich das Wasser ausgeschüttet hätte, ohne vorher die Gabeln zu entfernen, hätte ich ein Klirren verursacht, das womöglich Henry geweckt hätte. Ich brachte das Wasser aus dem Hahn auf eine heiße, aber nicht unerträgliche Temperatur und spritzte, nachdem ich erfolgreich nach dem Scheuerschwamm mit der rauen Seite und dem Behälter mit dem Geschirrspülmittel getastet hatte, ein großes blindes *C* über den Boden, wo der angebackene Käse saß. Es war ein stummes *C*: Indem man beim Herausspritzen von Geschirrspülmittel besser wird, lernt man, am Ende eines Spritzers den Druck zurückzunehmen, um kein unangenehmes Schülpgeräusch zu machen. Dann rieb ich, glitt über die glatten Stellen hinweg und rammte die Widerstandsnester. Bald gaben die fest gebackenen Atolle, über Nacht eingeweicht, nach: Ich setzte dem letzten noch eine Weile von der Seite zu, das Lächeln des fröhlichen Scheuerers mit zusammengebissenen Zähnen im Gesicht, und weg war es – nein, da war noch eine winzige raue Stelle, der ich mich noch zuwenden musste, und dann, ach, du schönes Leben, konnte ich mit meinem Schwamm über die gesamte Fläche der Schüssel in der Geschwindigkeit des wirbelnden Wassers kreisen, reibungslos, wie ein Velodromfahrer auf der Ehrenrunde.

So den Tag zu beginnen! Man lernt eine Landschaft kennen, indem man sie malt; man lernt eine Schüssel kennen, indem man sie spült – sie spült, aber auch abspült, und so gibt es eine Abspülmethode, die ich über die Jahre entwickelt habe und die wenig Wasser verbraucht, eine Schwachflussmethode. Man lässt Wasser in die Schüssel laufen und schwenkt diese dann so, dass eine rotierende Welle entsteht, die zentrifugal bis zu deren oberem Rand schwappt. Sodann kippt man das Wasser weg, gibt erneut welches hinein und dreht wieder. Sinn der Sache ist, dass alle Seifenspuren entfernt werden, weil Seife schlecht schmeckt. Und dann – und das ist eben etwas, was oft vergessen wird – sollte man die Schüssel umdrehen und die Unterseite abspülen: Denn wenn eine Schüssel im Spülbecken steht, können Essensbröckchen dran hängen bleiben, und diese Bröckchen sollen ja nicht mit ins Regal, wo sie hart werden. Ich schaffte es, die Schüssel ohne lautes Scheppern auf das Abtropfgitter zu stellen, und dann war auch der Kaffee fertig.

Was man morgens als Erstes tut, kann den ganzen Tag beeinflussen. Wenn man als Erstes im Schlafanzug blinzelnd und sackkraulend zum Computer schlurft, um nach E-Mails zu sehen, wird man den ganzen Vormittag nach Elektronik gieren. Also das nicht. Liest man als Erstes die Zeitung, wird man voller Wortspiele und Kümmernisse sein – verschieben. Eine Weile dachte ich, der Schlüssel zum Leben sei es, als Erstes ein wenig in einem Buch zu lesen. Sinn der Sache ist, zu dem Bücherstapel neben dem Bett hinunterzulangen, noch bevor ich ganz wach war, eines hochzuholen und es aufzuschlagen. Das funktioniert nur in den Monaten des Jahres, in denen man in einer Welt aufwacht, die hell genug ist, um Druckzeilen zu erkennen, aber manchmal, selbst wenn man das Buch aufschlägt und es in dem Grau nicht ganz lesen kann, selbst wenn man sieht, wie das Wort, von dem man weiß, dass es ein Wort ist, in einem körnigen Augenpartikelreigen schwebt und man dann merkt, dass man es lesen kann, wenn man richtig darauf starrt, und das Wort ist *beinahe*, kann die Lektüre dieses einzelnen Wortes so gut sein wie die eines ganzen Kapitels unter normalen Lichtbedingungen. Die Fingerspitzen sind noch vom Schlaf aufgequollen, und die Buchecke ist das erste Scharfe, das man fühlt, und man holt es hoch und schlägt es wahllos auf, ohne zu wissen, welches Buch die Hände gefunden haben, und dann wird dieses *beinahe* in den Mückenschwärmen des Dämmerlichts langsam scharf. Das verändert den ganzen Tag.

Aber wissen Sie, jetzt bin ich über das *beinahe* hinaus. Jetzt lese ich nichts, wenn ich aufwache, ich ziehe einfach nur den Morgenmantel über und komme hier herunter. Nichts ist mir widerfahren, wenn ich mich in diesen Sessel setze, nur dass ich Kaffee gemacht und einen Apfel gewaschen und, wenigstens an diesem ungewöhnlichen Morgen, eine Auflaufform gespült habe. Ich bin die Welt, oder vielleicht ist die Welt eine Augenmaske aus schwarzer Seide und ich trage sie. Der ganze Raum erwärmt sich von dem Feuer, das ich gemacht habe: alle Flächen in dem Raum, die Bilderrahmen, die chinesische Teekanne in Form eines Blumenkohls, die gläsernen Untersetzer mit den Initialen von Claires Großmutter darauf, der kleine Korbschaukelstuhl, den mein Vater Phoebe zu ihrem vierten Geburtstag geschenkt hat – das alles wird warm.

Mir fällt auf, dass ich den Kamin noch gar nicht beschrieben habe. Es ist kein Rumford-Kamin. Rumford war ein kluger Graf, der vor zweihundert Jahren herausgefunden hat, wie man einen Kamin flacher baut, sodass er mehr Wärme in den Raum wirft. Dieser Kamin ist beinahe ein Rumford, aber er ist ein früheres Design. Er ist ungefähr einen halben Meter tief und hat diagonale Backsteinseiten. In dem Kamin steht ein gusseiserner Rost; er ist wie eine kleine Veranda oder ein Musikpavillon mit einem niedrigen Geländer, hinter dem die Scheite liegen. An beiden Enden sind dekorative gusseiserne Urnenformen. Das Eisen wird nun allmählich heißer, und die Reihe der senkrechten Zierstreben im Geländer des Balkons strahlt die Hitze auf meine Füße ab. Weil der Rost die Scheite so festhält, kann ich die Füße völlig sorgenfrei zwei, drei Zentimeter von der Flamme entfernt hinstellen; erst wenn das Feuer so richtig angefangen hat zu brennen, muss ich manchmal mit dem Sessel zurückrücken.

In unserem ersten Jahr hier wurden wir von den Kaminexperten verschreckt und hatten überhaupt kein Feuer. Der Mann, der uns das Haus verkaufte, hatte in alle Öffnungen massenweise rosa Isolierung gestopft. Einmal, ich packte gerade Sachen aus, hörte ich ein wütendes Fiepen. Ich zog an der Isolierung – eine Staubwolke aus Vogeldung wallte ins Zimmer. Das Fiepen wurde lauter. Ich ging ins Badezimmer, und als ich zurückkam, hörte ich neben dem noch lauteren Fiepen ein Knabbergeräusch, und da sah ich in einer Ecke eine Fledermaus kauern und, die Flügel halb eingefaltet, wie wild an einem *Harper's Magazine* knabbern. Die Fledermaus war wütend, fletschte die Zähne wie ein Hund, und die Zähne waren verblüffend spitz. In der Zeitung hatte ein Artikel über Tollwut und Fledermäuse gestanden; ich dachte, es bestehe die Möglichkeit, dass die hier Tollwut hatte. Als ich sie unter einem auf den Kopf gestellten Plastikpapierkorb gefangen setzte, schnatterte sie heftig und kaute an dem Plastik. Ich rief den Tierdienst an, der sich als ein cherubinischer Stadtpolizist von ungefähr zweiundzwanzig und seine zehnjährige Nichte herausstellte, die im Streifenwagen saß. Er steckte die Fledermaus in einen Lunchdosencontainer mit Schraubdeckel. Es sei zu teuer, sie auf Tollwut zu untersuchen, sagte er; er holte einen Spaten aus dem Kofferraum und ging hinten in unseren Garten, tötete die Fledermaus und vergrub sie dort. Wir dankten ihm, dann fuhren er und seine Nichte wieder fort. Ich fand, dass es nicht richtig von uns gewesen war. Natürlich hätte ich nicht von der Fledermaus gebissen werden wollen, aber heute glaube ich, dass sie wahrscheinlich gar keine

Tollwut hatte, sondern nach ihrem Gerangel mit der rosa Isolierung nur erschöpft und sauer war.

Als wir dann den Kamin benutzten, zogen die Fledermäuse in einen behaglichen Winkel im Dachgesims um und bekamen Junge. An einem Sommerabend sah Claire oben aus einem Fenster auf den dämmerigen Himmel und sah viele Junge, sie sagte: schwarze flüssige Tropfen, eines nach dem anderen aus einem düsteren Loch schlüpfen.

Überlegen wir einen Augenblick, was die Schornsteinfeger zu tun hatten. Ich wette, denen begegneten viele Fledermäuse. Eines Morgens las ich in einem Essayband von Sydney Smith über sie. Ich angelte das Buch als Erstes vom Fußboden neben dem Bett und schlug es beim Inhaltsverzeichnis auf, und in dem Dämmerlicht stand der Titel: «Schornsteinfeger». Sydney Smith hatte den Essay 1819 für die *Edinburgh Review* geschrieben. Die Feger waren sieben-, acht- oder neunjährige Jungen, die sich um drei Uhr morgens an dem vereinbarten Haus einfanden und an die Haustür hämmerten. Die Diener, die noch schliefen, ließen sie nicht ein, also standen sie in der Kälte, ohne Socken, die Frostbeulen pochten, und warteten. Sie mussten natürlich klein sein, damit sie durch den Schornstein passten, und den ganzen Tag arbeiteten sie in den engen Räumen, trugen den Sack Ruß von einer Arbeit zur nächsten, und manche blieben in den dunklen hohen Nischen stecken und starben, und bis sie von ihrer Arbeit abgehärtet waren, bluteten ihnen die Knie. Ein Kletterjunge – so wurden sie genannt – sagte einem Ermittlungsbeamten vom Oberhaus, er sei seinen ersten Schornstein hinaufgeklettert, weil sein Herr ihm gesagt habe, da oben sei ein Plumpudding. Ein Plumpudding ist praktisch ein Backpflaumenpudding, aber das würde ja nicht so gut klingen.

Nun denken wir an Dick Van Dyke, wie er seinen pfeifenstieligen, langbeinigen Tanz tanzt; echte Schornsteinfeger von heute sind gesprächige Männer um fünfunddreißig, deren Lieferwagen mit viktorianischen Lettern teuer beschriftet sind – es sind Männer, die sich auf Kindergeburtstagen gern als Clown oder Zauberer verkleiden. Aber damals, 1819, war es kein gutes Leben, und als ich über die Kletterjungen las, spürte ich, dass ich das Unrecht sogleich beheben wollte – ich wollte Briefe abschicken, in denen ich auf eine Gesetzesreform drängte, so als könnte das längst vergangene Leid retroaktiv behoben und die vielen verlorenen Leben in eine andere Richtung gelenkt werden.

Als wir hier einzogen, riefen wir einen Schornsteinfeger aus dem Ort – einen Software-Ingenieur, der wochenends fegte; er spähte in das Mauerwerk hinauf und sagte, es sei völlig verrottet. Da könne er unmöglich fegen, erst müsse der Schornstein neu gebaut werden. Ein Maurer, mit dem wir sprachen, sagte dasselbe; kein Feuer, bevor etwas Grundlegendes passiert ist. Also gaben wir das mit dem Feuer auf, und unser erster Winter war sehr kalt.

Dann luden wir Lucy, unsere Nachbarin, zum Essen ein. Sie machte abschätzige Bemerkungen über den Maurer und den Schornsteinfeger. Sie sagte, sie benutze ihre Kamine jeden Winter, obwohl sie ihr gesagt hätten, sie dürfe es nicht. Unser Haus stehe, rief sie uns in Erinnerung, seit zweihundert Jahren, ohne dass es ein einziges Mal gebrannt habe, und die Kamine seien alle noch bis vor kurzem in Gebrauch gewesen, und die zwei Brüder, denen es gehört habe, hätten keine Holzöfen eingebaut, die Kreosot ablagern. Es sei unwahrscheinlich, dass unsere Kamine auf einmal schrecklich feuergefährlich werden würden; wahrscheinlicher sei, dass die Experten den alten Backstein zu streng beurteilten. Machen Sie ein kleines Feuer und schauen Sie, wie es zieht, sagte sie. Halten Sie eine Decke bereit – wenn Sie einen Kaminbrand bekommen, was wahrscheinlich nicht passiert, stopfen Sie die Decke in den Schornstein, das stoppt die Luftzufuhr für das Feuer und löscht es.

Also machten wir ein kleines Testfeuerchen, eine alte Decke im Anschlag, und der Kamin funktionierte perfekt. Wir probierten alle Kamine aus – alle funktionierten. Es gab kein Problem. Und das Mauerwerk ist in einem besseren Zustand als vorher, weil die Feuer es getrocknet haben.

Draußen sind Krähen; ich kann sie hören. Gleich dusche ich, und danach füttere ich die Ente. Sie hört mich kommen und macht ihre kleinen fragenden Geräusche, aber wenn ich in letzter Zeit die Decke zurückschlage und den Schirm entferne, lässt sie sich aufs Eis nieder und ist ruhig. Ich glaube, das kommt daher, dass sie warten muss, bis ihre Augen sich ans Tageslicht gewöhnt haben, und während dieser Anpassung möchte sie reglos sein, um nicht die Aufmerksamkeit eines Raubtiers zu wecken. Gestern schlabberte sie das Fressen weg, das ich in das warme Wasser gestreut hatte, wobei sie ein-, zweimal durch die Schnabellöcher schnob, und als ich zur Veranda zurückging, schleuderte sie sich laut schreiend in die Luft und landete in einem Schneehaufen, der ideal stand, um von dort auf die Veranda zu hüpfen. Es war kalt, also ließ ich sie auf die Veranda und dann ins Haus, wo sie mir flügelschlagend und sterzwedelnd hinterherlief. «Wen haben wir denn da?», sagte Claire oben auf der Treppe. Nachdem die Ente die Gelegenheit hatte, sich aufzuwärmen, trug ich sie sanft zur Tür und drängte sie hinaus, wobei ich ihre kleinen Knochen spürte. Sie wollte nicht. Sie kann keine Hausente sein, weil sie vor lauter Begeisterung kleine grüne Entenartefakte hinterlässt.

18

Guten Morgen, es ist 5.14 Uhr, und es ist kalt, und das einzige Wesen, das sich regt, ist der Kater: Gerade hatte er eine ausgedehnte Sitzung in seiner Streukiste, und dann hat er gescharrt und gescharrt. Er hat eine Streukiste, mit Dach und einem Loch in der Seite: Er steigt hinein und kann sich bequem darin umdrehen, und dann sitzt er still, den Kopf aus dem Loch heraus, die Augen zu Schlitzen verengt, bis er fertig ist, und dann beginnt das zwanghafte Graben, das Scharren von Krallen auf grauem Plastik.

Nachdem ich heute Morgen aufgewacht war, ging ich ins Bad und zog die Schlafanzughose herunter und pinkelte lautlos, zitternd, sehr lange. Ich kann eine beachtliche Menge Urin ansammeln. Es ist fast fünfzehn Jahre her, seit ich dazu übergegangen bin, mich nachts zum Pinkeln auf die Toilette zu setzen. Eine von der Arbeit klagte darüber, dass ihr Mann auf der Toilette so schlecht ziele, und eine andere sagte, ihr Mann setze sich hin, und zwar schon immer, und das hatte mich beeindruckt. Nur weil man tagsüber dabei steht, heißt das, dass man auch nachts stehen muss? Natürlich nicht. Man braucht sich nicht zu schämen, wenn man sich hinsetzt, und wenn man es nicht tut, passiert

Folgendes. Mitten in der Nacht will man kein Licht machen, weil es den Augen wehtut und man schwerer wieder einschläft, also geht man eben im Dunkeln. Man meint, man habe eine ziemlich genaue Vorstellung, wo die Toilettenschüssel ist. Also steht man da im Dunkeln, hält angestrengt nach Anhaltspunkten und Helligkeiten Ausschau, sagt sich, dass es ja sowieso eine sehr große Schüssel ist und dass man gute Chancen hat, ins Ziel zu treffen. Und dennoch ist man natürlich verschlafen, man könnte auch eine leichte nichtsexuelle Versteifung haben, und man ist ungeschickt. Also entlässt man etwas Pisse in die Dunkelheit. Man horcht auf das Geräusch. Ist es das Geräusch eines Flüssigkeitsstrahls, der auf Wasser trifft? Das ist gut. Dann ist alles im Lot. Ist es aber das Geräusch eines zusammenhängenden Flüssigkeitsstrahls, der auf Porzellan trifft? Das kann gut sein, aber auch nicht gut, je nachdem, ob man das Porzellan der Innenseite der Schüssel trifft, um das Wasser herum, oder das Porzellan am Rand. Zweifel kommen. Sehr wahrscheinlich ist es das Porzellan am Wasser. Man kann herausbekommen, dass es dort ist, indem man eine winzige Justierung nach links oder rechts vornimmt und das bestätigende Geräusch hört. Und man fragt sich: Wohin justiere ich das Zielen? Möglicherweise ziele ich ja ein wenig zu weit nach links. Also korrigiert man es, indem man den Strahl ein wenig nach rechts lenkt, dann verändert sich das Geräusch, und man bekommt Probleme, denn es ist das Geräusch, da ist man ganz sicher, von Pisse auf Rand und vielleicht sogar Fußboden, also zuckt man rasch dahin zurück, wo man die ursprüngliche Position vermutet. Aber es ist nicht die ursprüngliche Position. Jetzt hat man die Orientierung verloren, man durchstreift einen unbekannten Wald, und man hat den Verdacht, dass der Strahl sich womöglich zu einem *V* gespalten hat; wenn das geschieht, helfen noch so große Kurskorrekturen nicht mehr. Man klemmt den Ausfluss ab und schaltet das Licht an, um eine Bestandsaufnahme zu machen. Wenn man auf dem Fußboden nichts sieht, ist alles in Ordnung, zeigt sich aber eine auffällige kleine Lache, muss man den unter der Spüle gelagerten Schwamm aktivieren oder sie mit einem Ballen Klopapier auftupfen, und wenn man sich mit dem Klopapierballen bückt, schießt einem das Blut in den Kopf, was einen noch mehr aufweckt. Dann ist man noch wacher, als man es gewesen wäre, hätte man gleich Licht gemacht. Auch wird nicht alle Pisse aufgewischt, weil es mitten in der Nacht ist und kein Mensch mitten in der Nacht richtig sauber macht. Schließlich wird im Verlauf einiger Wochen ein schwacher Geruch entstehen. Deshalb empfehle ich Sitzen. Außerdem ist die Verrichtung im Sitzen lautlos; wenn man dagegen steht und das Glück hat, das Wasser zu treffen, wacht der Kater von dem Lärm auf und könnte am Bett zupfen.

Geht an mir vorbei. Geht an mir vorbei. Das Leben. Vor fünf Jahren hatte ich geplant, für meinen Sohn ein Buch mit dem Titel *Der junge Schwamm* zu schreiben. Ich wollte es ihm zum Geburtstag schenken. Es sollten die Abenteuer eines Zelluloseküchenschwamms sein, der bei der Herstellung irgendwie ein Stückchen echten Seeschwamm abbekommen hat, was ihn empfindungsfähig macht. Er lebt an der Spüle, aber er sehnt sich nach der Tiefsee; es dürstet ihn nach den Felsspalten und nach dem salzigen Tang. Dann kam auf Nickelodeon eine Sendung über einen Schwamm, und die war auch ziemlich gut. Meine Idee war auf der Stelle tot: Mein Sohn hätte ja geglaubt, ich kopierte bloß eine Fernsehsendung. Nickelodeon hatte gehandelt, ich nur geplant.

Wo wir gerade bei kreativer Trägheit sind, als mein halb gegessener Apfel gerade vom Ascheimer gefallen ist, fiel mir ein, dass ich eigentlich gar nicht richtig weiß, was die Kunstrichtung Ashcan überhaupt genau ist. Gestern Abend befühlte ich die Kaminasche. Sie war endlich kühl: tief rote Stückchen können noch stundenlang glühen. Ich schaufelte etwas davon in den Blechbehälter mit Deckel, der bei unserem Einzug da war – das musste der Ascheimer sein. Die Asche war ganz hellgrau, beinahe weiß, und sehr fein – sie bestand, stelle ich mir vor, hauptsächlich aus Ton, der nicht brennt, wenn Papier brennt. Henry, der mir zusah, sagte: «Dad, denk nur mal, das ganze Zeug, das wir verbrannt haben, und dann bleibt bloß das da übrig.» Da hatte ich den Kamin erst zum dritten Mal ausgeschaufelt. Die Unfassbarkeit der Geschichte, je nach Stimmung erregend oder beängstigend, kann sich in jedem Augenblick einstellen. Gerade habe ich in meinem automatischen Fusselsammler wieder eine kleine Fusselwurst gefunden, und ich habe sie ins Feuer geworfen: Es gab eine kaum wahrnehmbare, andersfarbige Flamme – ah! *Fusselfeuer* – und schon war sie weg. Auch deshalb betrachte ich die brennenden Scheite so gern: Sie erscheinen mir wie Lebensjahre. Alle Eigenheiten werden verzehrt und bleiben als Asche zurück, sind aber beim Brennen warm und Leben spendend. Unterdessen ist die Ente draußen in der Kälte. Claire zufolge häuft sie ihre Exkremente in einer Ecke auf, und in den Holzspänen hat sie eine kleine Schräge, an der sie ihr Gefieder aufplustert, aber jetzt muss ihr draußen doch kalt sein. Sie wird so froh sein, wenn alles wieder taut und sie den Schlamm am Bach hat, in dem sie gründeln kann. Gestern fasste ich sie an die Nackenfedern: Sie sehen mir nicht danach aus, als würden sie Wasser ganz so gut abstoßen wie im Hochsommer, weil sie seither nicht darin schwimmen konnte. Gestern hörte ich sie auch hinter mir abheben, und als ich mich umdrehte, sah ich eine eiförmige, schielende Form mit Windmühlenarmen, die auf Kopfhöhe direkt auf mich zuflog. Oft ändert sie ganz am Ende ihres Flugs die Richtung, und diesmal landete sie auf einer Eisfläche; ihre Füße gingen zurück wie bei einem Pinguin, und sie schlitterte ein bisschen. Aber sie blieb unverletzt.

Mich fasziniert noch immer die Fähigkeit ihrer Füße, der Kälte standzuhalten. Die Kälte muss doch durch die dicke Hautschicht bis in die Beinknochen gehen. Sie braucht mehr Blaubeeren. Claire kaufte ihr tiefgefrorene Blaubeeren und taute einen Becher in der Mikrowelle auf. Man macht sich seltsame Gedanken über die Natur des Bewusstseins, wenn man einmal versucht, sich vorzustellen, worüber eine Ente nachdenkt, wenn sie die ganze Nacht in einer Hundehütte mit einer Schüssel langsam gefrierendem Wasser und ein paar Nahrungskügelchen eingesperrt ist, vor dem Eingang ein Fliegengitter, um die Kojoten fern zu halten, und darüber eine Decke. Immer mal wieder stöbert sie ein bisschen in den Spänen – auf der Suche wonach? Sie will Maden und Würmer, aber da sind jetzt keine, zu kalt. Warum existiert sie? Wir als Familie existieren, um nett zu der Ente zu sein, und die Ente existiert, um uns Rätsel aufzugeben. Wer hätte gewusst, dass Enten verzweifelte Geräusche machen, zitternde, murmelnde Quieker, wenn man ihnen eine Hand voll Futter hinhält? Wer hätte gewusst, dass sie es lieber hat, mit der Hand gefüttert zu werden, statt ihr Fressen im Napf zu bekommen? Am liebsten hat sie es, wenn man ihr eine Hand voll Kügelchen über warmem Wasser hinhält. Wenn sie dann mit dem Schnabel danach schnappt, fallen einige ins Wasser, und sie kann unter Wasser danach schnackeln, wobei sie durch die Schnabellöcher schnüffelt, und dann wieder hochkommen und sich weitere trockene Kügelchen nehmen, hoch und runter.

Am Anus des Katers scheint sie jetzt weniger interessiert zu sein: Er hält sich fern von ihr und ist zu seiner Urmission zurückgekehrt, nämlich seine Eigentumsrechte gegen die Maine-Katzen aus der Nachbarschaft zu verteidigen.

Gerade habe ich eine Quaker Oats-Schachtel aufs Feuer gelegt, das bis auf ein matt rotes Glühen heruntergebrannt war. Der Zylinder ist gleißend aufgeflammt, und der lächelnde Quaker mit dem schwarzen Hut wurde verschlungen. Was nun übrig ist, sieht aus wie ein vom Krieg geschwärzter Martelloturm an einer fernen Küste. Ich blickte zum Fenster hin, um zu sehen, ob es draußen schon hell war, aber die Vorhänge waren zugezogen: Claire schließt sie abends manchmal, weil sie, und da hat sie Recht, eine gewisse Isolierung darstellen. Aber ich glaube, ich ziehe jetzt einen auf, damit ich beim Arbeiten die Spuren von Licht draußen sehen kann.

«Es ist vollkommen dunkel», flüsterte ich, als ich den Vorhang zurückzog. Aber die Scheibe barg einen guten Geruch von Sommernachmittagsstaub.

19

Guten Morgen, es ist 5.44 Uhr, und ich bin wieder spät aufgestanden, aber ich habe vier große alte Scheite im Feuer, jeder mit einer Schicht Brandgrind vom gestrigen Abend darauf, die abbricht, wenn ich sie anders hinlege. Der Kaffee ist heute Morgen besonders stark; ich habe etwas aus der weniger guten Tüte hineingeschüttet, damit uns unsere Reserve aus der guten nicht ausgeht. Phoebe ist enttäuscht von sich, weil sie gestern Abend keine interessanten Sachen gesagt hat, als ein Gastronom zum Essen da war. Sie erschien, in einem sorgfältig ausgewählten T-Shirt mit winzigen Ärmelchen, der Pony perfekt nach Art von Vierzehnjährigen, im Wohnzimmer und hörte zu, wie der Gastronom Claire von seiner Fahrt durch Nova Scotia erzählte, während ich Stückchen von einem Nusskäsescheit absäbelte und sie auf Cracker schabte. Schließlich fragte der Gastronom Phoebe nach der Schule. Phoebe beschrieb ihr Naturkundeprojekt, wofür sie drei kleine Kuchen gebacken hat, jeder mit einer anderen Backpulvermarke, um zu sehen, welcher mehr aufging. «Hm», sagte der Gastronom. Phoebe wurde wieder stumm.

Hinterher sagte sie: «Ich wollte ihn eigentlich fragen, wie

man Koch wird, und stattdessen habe ich einfach bloß dagesessen.»

«Du hast ihm doch von deinem Backpulverprojekt erzählt.»

«Ich bin ein langweiliger Mensch», sagte sie.

Ich sagte ihr, sie sei kein langweiliger Mensch, doch sie beharrte darauf, und ich entgegnete, sie sei keiner, und dann kamen wir auf das Thema der überflüssigen Asphaltierung der Calkins Road, was uns zum Thema Kriegsverbrechen führte, und darüber diskutierten wir bis Viertel nach zehn, weswegen ich auch so spät aufgestanden bin.

Ich bin froh, dass das Jahr zweiundfünfzig Wochen hat – das erscheint mir als die richtige Zahl, und es besteht eine interessante Kongruenz mit einem Kartenspiel. Allerdings sollten es wirklich mehr als zwölf Monate sein. Der Januar gehört zu meinen Lieblingsmonaten, und wir nähern uns schon seinem Ende. Meine Kinder sind praktisch erwachsen, und mein Bart – mit meinem Bart bin ich überhaupt nicht zufrieden. Zum Glück ist der Februar auch ein ganz guter Monat, da wird es mit mir auch gut werden. Eigentlich sind sie alle ganz gute Monate, es sind eben einfach nicht genug. Claire meinte, wir sollten dieses Jahr am Neujahrsmorgen ans Meer fahren und die Sonne aufgehen sehen. Dieser Ausflug hat mir unvermittelt klar gemacht, dass ich wieder Robert Service lesen und früh aufstehen musste – dieser Neujahrsausflug in Verbindung mit damals vor einigen Monaten, als ich mit dem Schlafwagen von Washington nach Boston fuhr und in meiner Koje aufwachte und sah, dass wir in dem Bahnhof in New York waren, und mir bewusst wurde, dass ich durch ein sehr bedeutendes Handelszentrum fuhr, ohne eine einzige Straße zu sehen, und dass etwas sehr Ähnliches in meinem Leben geschah.

Am Neujahrsmorgen packten wir zwei Thermoskannen ein, eine mit heißer Schokolade und eine mit Kaffee, und fuhren eine halbe Stunde, wir vier, zu dem kleinen Parkplatz am Strand. Es ging ein bitterkalter Wind, in dem unsere Hosen flatterten, aber einige Leute waren schon da, mit ihren Hunden, und guckten auf die Stelle am Horizont, wo sie den Sonnenaufgang erwarteten. Manche schienen zu wissen, wo sie heraufkam, manche nicht; ein altes Paar, in identische orange, bauschige Mäntel samt Kapuze gehüllt, stand, Fausthandschuh in Fausthandschuh, auf halbem Weg zum Wasser reglos da. Ich dachte mir, dass sie wüssten, wo die Sonne aufging, und tatsächlich, ja. Sie durchlief einige Taillenverrenkungen, wie aufgehende Sonnen es häufig tun, wurde zunächst schmaler und rann dann wie aus einem Loch im Horizontsaum, und dann wurde der Himmel um den Lochpunkt unbegreiflich blau.

Das war dieses Jahr. Letztes Jahr nahm ich mir an Neujahr vor, den Bart abzunehmen, weil zu viel Weiß darin war. Ich kaufte einen elektrischen Haarschneider und machte mich daran, Brocken groben Pelz abzupflügen. Henry sah interessiert zu, aber Phoebe regte sich unerwarteterweise auf. Sie sagte, meine Persönlichkeit brauche einen Bart. Ich müsse sofort damit aufhören, sagte sie. Ich sagte, ich hätte es satt, im Spiegel einen vorzeitig weißbärtigen Menschen zu sehen – dass ich für Dachsmänner Mitte vierzig weder Respekt noch Zuneigung hätte. Wenn mir, nachdem ich ihn ganz abgeraspelt hätte, das Ergebnis nicht gefalle, könne ich ihn ja einfach wieder wachsen lassen. Als ich halb fertig damit war, sagte Henry: «Dad, ich finde, es sieht interessant aus, aber auf der anderen Seite musst du noch was machen.» Claire sagte zu Phoebe: «Er will nur sehen, wie es aussieht.» Aber ich merkte, dass sie, Claire, ein bisschen erschrocken war, als sie mich im Spiegel sah.

Claire hatte mich nämlich nie ohne Bart gesehen. Ich habe ihn, seit ich achtzehn war, und in den vergangenen Jahren war ich auf seine lockige Dichte und seine rostbraunen Highlights nicht wenig stolz gewesen. Übrigens kann man, wie ich herausgefunden habe, einen Bart mit einem Wegwerfrasierer mit Doppelklinge stutzen: Man «rasiert» über die Bartform, als wäre sie Kiefer und Kinn. Ich hatte mir den Bart deshalb wachsen lassen, weil ich glaubte, ich hätte ein schmales, schwaches Gesicht, was auch so war, aber über die Jahre hatte es sich ohne mein Wissen oder meine Einwilligung zu einem fülligen, schwachen Gesicht verändert. Das Hauptproblem war der Mund: Ich hatte immer geglaubt, ich hätte einen großzügigen Hohoho-Mund, den Mund eines rückenklopfenden Bergbewohners, immer zur Stelle mit einem harmlosen Scherz oder einem freundlichen Wort, aber im Kontext meiner Oberlippe erwies sich mein Mund als spitz und beinahe pastorenhaft. An jenem Abend war mein Gesicht für Claire immer wieder ein Überraschung. «Ich höre deine Stimme im Zimmer», sagte sie, «aber wenn ich aufblicke, bist du nicht da.» Ich vergrub den Kopf in ihrem Bademantel, damit sie mich nicht sah; ich musste daran denken, wie mir jemand einmal bei einem Fußballspiel, ich war in der Siebten, einen Tritt versetzte und ich den Tag mit geschwollener Lippe und dicken Klopapierröllchen in den Nasenlöchern herumlief. Jedes Mal, wenn der Lehrer in meine Richtung sah, lachte er, und dann entschuldigte er sich dafür, dass er gelacht hatte, und sagte, er könne einfach nicht anders.

Es sei ein gutes Experiment gewesen, sagte Claire, und den Versuch wert, aber sie möge meinen Bart und wolle ihn wiederhaben. Ich ließ ihn sogleich wieder wachsen.

20

Guten Morgen, es ist 4.39 Uhr, und ich habe gerade eine Cocktail-Serviette brennen sehen. Nach dem Ende ihrer Flammenphase begann eine lange Zeit, in der winzige gelbe Taxis Haarnadelkurven über Gebirgspässe fuhren und sich immer tiefer in die aschene Schwärze gruben. Ich habe ein paar Seiten aus dem Vorlesungsverzeichnis einer hiesigen Volkshochschule gerissen, aufgerollt und in die heißen Stellen geschoben. Weil ich gestern spät anfing, hatte ich es eilig, hier um Punkt fünf Uhr vor dem Feuer zu sitzen, und vielleicht bin ich deshalb auf Henrys Flugzeug im Esszimmer getreten. Henry hat aus einer Küchenkreppröhre, einem Elektromotor, einem Batteriehalter, einem Lichtschalter und jeder Menge Abdeckband ein Flugzeug gebaut. Er war überzeugt davon, dass es fliegen würde, obwohl Claire und ich sanft und auf jeweils andere Weise anmerkten, es sei zwar schön, aber zu schwer. Henry schnitt immer größere Propeller aus dem Deckel eines Schuhkartons aus, und er versuchte auch noch, einen zweiten Satz Batterien dranzukleben, und dann gingen er und ich kurz vor dem Mittagessen hinaus und kletterten auf den Schneepflughügel. Er schaltete den Propeller an und schleuderte seine

Maschine ins Zwielicht hinaus. Sie landete hart, schien aber nicht allzu schwer beschädigt. Wir gingen wieder hinein. Phoebe und Claire sahen eine Folge von *Gomer Pyle*. Ich zeigte Henry, wie man ein Papierflugzeug macht. Ich hatte es ihm schon vor einigen Jahren gezeigt, aber er hatte es vergessen, und ich hatte es beinahe selbst vergessen. Allerdings kamen mir die einzelnen Schritte in Erinnerung, während ich sie ihm einen nach dem anderen sagte, und als die Dreiecke sich zu pfeilförmigen Flügeln verjüngten, machte Henry einen schnurrenden, halb lachenden Laut der Erleuchtung, von dem ich geglaubt hatte, er mache ihn schon lange nicht mehr.

Heute Morgen also trat ich bei einem Schwenk um den Esszimmerstuhl herum auf das batteriebetriebene Flugzeug. Ich tastete es nach Brüchen ab, aber ich glaube, es ist unversehrt – nach der Bruchlandung im Schnee hatte Henry es mit weiterem Kreppband verstärkt. Dann verspürte ich in meiner Eile, um fünf hier zu sein – ich rannte nicht, sondern bewegte mich in dem klaren Bewusstsein von Eile vorwärts – den Drang, etwas Binnenluft abzulassen, bevor ich mich setzte, und da ich keinen Lärm machen wollte, blieb ich einen Augenblick stehen und zog an einer Seite meines Hinterns – *Gesäß* ist vielleicht ein taktvolleres Wort –, um die Entweichung ohne großes Trara vonstatten gehen zu lassen. Dann kam ich herein und ließ mich nieder.

Ich wünschte, ich wäre ein besserer Fotograf. Viele Familienmomente ereignen sich, und ich verpasse die meisten. Wenigstens habe ich letzten Monat, als wir so einen sehr weichen Schneefall hatten, der die ganze Nacht ans Fenster tickte, ein paar Schnappschüsse geschafft. Es war ein ungewöhnlicher Schnee, in seiner Konsistenz an manchen tiefen Stellen beinahe wie Styropor, und wenn man hineingrub, war das Licht, das er durchließ, ein interessantes Saphirblau – vielleicht führen unterschiedliche vorherrschende Temperaturen beim Schneeflockenwachstum zu unterschiedlichen Kristallformen, die unterschiedliche Wellenlängen des Lichts absorbieren und passieren lassen. An jenem Samstag gruben Henry und ich einen Tunnel durch den Schneepflughaufen. Die Ente interessierte sich auch für unser Projekt – leutselig bestieg sie die Spitze und schnäbelte dabei nach Stückchen gefrorenen Schlamms. Als ihr beide Füße gleichzeitig kalt wurden, setzte sie sich eine Weile in den Schnee, um sie aufzuwärmen. Ein-, zweimal levitierte sie stark flatternd. Sie hatte keine große Lust, durch den Tunnel zu gehen, und wir zwangen sie auch nicht dazu.

Kurz vor Ende des Tunnelbaus holte ich den Fotoapparat und machte zwei Aufnahmen von Henry, wie er heraussah, die Kapuze auf und die Nase rot vor Kälte. Dann war der Film alle. Früher waren meine Fotos besser als jetzt. Vor ungefähr zehn Jahren kaufte ich eine Fuji-Kamera, die phantastische Bilder machte. Es war ein einfacher Apparat, nur draufhalten und abdrücken, aber das Objektiv war gut. Dann, vor ein paar Jahren, packte ich unser Auto für einen Ausflug und hielt gerade mehrere Gegenstände in der linken Hand – die Fuji an ihrem Riemen, meine abgewetzte Aktentasche und eine Einkaufstasche voller Geschenke – und konzentrierte mich auf meine rechte Hand, in der ich einen Koffer und einen Mantel hielt, aber auch durch den Griff des Koffers langte, um die Heckklappe des Wagens zu öffnen. Während ich die Sachen in den Wagen stellte, vergaßen meine überspezialisierten Finger, dass einige von ihnen doppelt beansprucht waren, und ließen den Kamerariemen, als sie sich von dem Griff der Einkaufstasche lösten, mit durchrutschen, worauf die Kamera hinabfiel, nicht in einem gebrochenen, hinterhergehechteten Schlingern, sondern senkrecht, einfach losgelassen, auf die Straße. Danach ging sie noch eine Weile, aber sie klapperte sehr unjapanisch, und schließlich gab sie die Scharfeinstellung auf. Im Fotogeschäft sagten sie, sie könnten sie nicht reparieren, also kaufte ich eine neue Kamera, eine teurere, wasserdichte, um sie zu ersetzen, doch sie macht keine so guten Bilder, oder ich kann es nicht mehr so gut.

Dieses unbeabsichtigte Fallenlassen festgehaltener Gegenstände ist mir wenigstens zwanzigmal in meinem Leben passiert. Unheil droht, wenn ich beispielsweise eine schwere Ladung von der chemischen Reinigung auf Kleiderbügeln an einer Hand hängen habe, die auch noch etwas anderes hält. Man kann eine Menge Kleiderbügel an zwei Finger hängen, aber sie ziehen die Finger hinab und graben sich in die Haut innen auf den Fingergelenken, und diese Wahrnehmung von schweren Kleiderbügeln ist mächtig genug, um von der Wahrnehmung dessen abzulenken, wofür diese Finger sonst noch verantwortlich sind – sagen wir die Post, die in den Matsch fällt. Auch zu anderen geistesabwesenden Handlungen neige ich. Einmal zog ich einen Beutel voller Müll aus dem Mülleimer, band ihn zu und hängte ihn an einen Haken im Flurschrank. «Hast du gerade den Müllbeutel in den Schrank gehängt?», fragte mich Claire. «Ich glaube, ja», sagte ich, mich erinnernd. Ein andermal stand ich in einer Küche und unterhielt mich bei einer Tasse Tee mit meiner Schwiegermutter. In meiner Bewunderung für die Teetasse fragte ich sie, ob das Hollerbee-Porzellan sei

– ich wusste, dass sie mit Claire mehrmals beim Hollerbee-Outlet gewesen war und Sachen gekauft hatte. Meine Schwiegermutter sagte, sie wisse nicht mehr genau, wo sie her sei. Ich drehte die Tasse um, um nachzusehen, ob auf der Unterseite das Hollerbee-Emblem war, und es war da. Aber ich hatte vergessen, dass Tee in der Tasse war.

Würde ich an einem College unterrichten, glitte ich vermutlich nach und nach in die Rolle des geistesabwesenden Professors ab. Einer von Claires Geschichtslehrern am College erschien eines Morgens zu spät zum Unterricht, und auf dem Rücken seines Pullovers hing der BH seiner Frau. An einem anderen Vormittag, er zündete sich gerade, neben einer langhaarigen Schülerin stehend, seine Pfeife an, gestikulierte er mit einem Streichholz. Ein Geruch von heißen Haaren erfüllte den Raum; der Professor fuhr mit seinen Ausführungen fort, ohne ihn zu bemerken.

Einmal habe ich einen Schlüssel verloren. Ich suchte einen ganzen Tag danach, bis ich es schließlich aufgab; eine Woche später fand Claire ihn festgefroren an einem Stück Fleisch, das sie aus der Tiefkühltruhe nahm. Ich weiß nicht, wie er dahin gekommen ist.

21

Guten Morgen, es ist 5.25 Uhr, und die letzte Nacht war vom Standpunkt des Schlafens aus weniger gut. Ich musste einige meiner alten Selbstmordphantasien hervorholen – wie die, in der ich der einzige Fahrgast einer Achterbahn bin, die auf dem Scheitelpunkt mit einer horizontalen Klinge versehen ist. Ich sause hinauf, der hohen Biegung entgegen, und die Klinge schwingt in meinen Weg aus und hackt mir den Kopf ab. Von meinem Körper befreit, taumele ich seelenruhig durch den Raum und schließe die Augen. Eine weitere, mit der ich es probiert habe, war die Vorstellung vom sich selbst füllenden Grab, an der Highschool eine große Stütze. Wenn man sich umbringt, ist man rücksichtslos, weil andere sich dann der widerlichen Sauerei der Leiche annehmen müssen. Das selbst füllende Grab hat das Problem gelöst. Man gräbt lange, wobei man die Erde auf einer Sperrholzplatte neben der Grube aufhäuft, und wenn man das Grab genau so hat, wie man es haben wollte, die Wurzeln säuberlich abgeschnitten und auf dem Boden eine Schicht weiche, kühle, fruchtbare Erde und keine Steine, stellt man einen Stuhl ins Grab – keinen von größerem Wert – und klemmt an die Lehne einen Revolver, der diagonal hinaufzielt und dessen Abzug mit einer Fernbedienung versehen ist; sodann installiert man ein kompliziertes System aus Seilzügen und Gewichten, sodass man, nachdem man sich erschossen hat, beim Fallen auf die weiche, kühle, fruchtbare Erde einen Stolperdraht berührt, der eine Stütze wegzieht, wodurch die Erdladung hinter einem her hineinrutscht. Das Abkippen der Erde wiederum löst das Herabklappen einer großen biologisch abbaubaren, zweilagigen Stoffbahn aus, zwischen deren Lagen man Grassamen, Wildblumensamen und Unkrautsamen im passenden Verhältnis gestreut hat. Wenn alles gut geht, weiß nach einigen Monaten niemand mehr, wo man begraben ist – nur das schräge Sperrholzbrett, das an das System der Seile und Gegengewichte angebracht ist, könnte gelegentlich Neugier wecken. Dennoch bin ich am Ende dieser Phantasien nie tot. Ich kann nicht sterben: Ich muss noch überprüfen können, ob beispielsweise zu viel Wildblume im Verhältnis zu Grassamen untergemischt ist und reduziert werden muss.

Vom College schickte ich einmal meiner Großmutter einen, wie ich fand, guten Brief. Sie schickte einen Plauderbrief zurück, aber oben auf dem Blatt war ein Pfeil, der zum Datum zeigte, und in größerer Schrift hatte sie dazugeschrieben: «Übrigens, *datiere* deine Briefe immer.» Ihr mäkeliger Ton verletzte mich, aber sie hatte ja Recht, und von dem Augenblick an wurde ich äußerst datumsbewusst. Ich datiere jedes Kunstwerk der Kinder, das wir aufbewahren (auf der Rückseite, in winzigen Ziffern), und ich achtete darauf, dass die Fuji-Kamera eine Datumsfunktion hatte: Sie brannte das Datum, das Jahr zuerst, in orangeroten Ziffern unten rechts auf jedes Bild.

Beim letzten Brief, den meine Großmutter uns schrieb und in dem sie zur Belebung ihrer Kühlschrankfront um ein weiteres Bild von Phoebe bat, datierte sie den Brief nicht. Nirgendwo ein Datum. Ich musste es selbst auf dem Brief vermerken, wobei ich mich an der entwerteten Briefmarke orientierte. Da hätte ich wissen müssen, dass sie schon losließ.

Am Tag, nachdem sie sich den Rücken angeknackst hatte, flog ich hin zu ihr. Mein Großvater war unten und spielte sein Chopin-Prélude. Ich rief einen Krankenwagen; sie stieß einen schrecklichen Schmerzensschrei aus, als sie sie ein Stück auf der Trage beförderten, die sie nur unter Schwierigkeiten durch den Flur zu ihrem Zimmer bugsieren konnten. Aber es ging ihr dann wieder besser. Sie hielt nicht viel vom Geschirrspüler; im oberen Korb lagerte sie Dosensuppen. Während sie im Krankenhaus war, zeigte ich meinem Großvater, wie man eine Dose Tomatensuppe warm macht und wie man eine Ladung Wäsche in die Waschmaschine steckt.

Jahrelang hatte sie seine gesamte wissenschaftliche Korrespondenz geschrieben (nicht einfach getippt, sondern geschrieben), und dennoch bestand er darauf, noch an neue Universitäten und Forschungszentren zu gehen, wo er weitermachen wollte. Als meine Großmutter am wütendsten auf ihn war – weil er so selbstvergessen Chopin spielte, während ihr Rücken kaputt war –, flüsterte sie mir zu, die drei Pilzerkrankungen, wegen denen er bekannt war, seien zum Teil von einem seiner Lehrer in Yale übernommen gewesen. Wirklich ärgerte sie sich über seine Autobiographie. Er hatte sie ihr zum Redigieren gegeben. Im dritten Kapitel schrieb er, eines Nachmittags habe er ihr einen Antrag gemacht und sei dann sogleich wieder ans Mikroskop geeilt, um einige interessante Objektträger mit Coccidioidomykose zu untersuchen, die mit einem neuartigen Farbstoff präpariert seien – und das sei ihre einzige Erwähnung gewesen. «Ich glaube, er ist ein liebevoller Mensch», sagte sie, «aber er kommt nach seiner Mutter.» Seine Mutter war eine egozentrische und schwierige Vogelbeobachterin, die kurz nach der Heirat meiner Großeltern bei ihnen einzog und dann wirr und streitsüchtig wurde. Meine Großmutter sagte: «Einmal, Emmett, war ich im Auto unterwegs, es war nur eine Besorgung, und an einer Seite der Straße ging es ganz steil runter, und da konnte ich mich nur mit Mühe davon abhalten, einfach über den Rand zu fahren.» Ich sagte, es tue mir sehr Leid, dass es so schwierig gewesen sei. «Ich schütte dir ja richtig mein Herz aus», sagte sie. Ich hatte diese Redensart noch nie gehört. Von dem Blut, das ich mir dabei vorstellte, wurde mir übel.

Aber sie liebte ihre vier Kinder und war gut zu ihnen, und ich glaube wirklich, dass es sie glücklich gemacht hat, Großmutter zu sein. Auch war sie gern darüber im Bilde, wo alles im Haus war, und stolz darauf, dass sie die Bücher des Alten Testaments in hohem Tempo aufsagen konnte. Als wir uns verlobten, schenkte sie Claire einen Beutel mit Lappen zum Sachenpolieren; eine ihrer Tanten hatte ihr auch einen Beutel mit Lappen geschenkt, worüber sie sich sehr gefreut hatte. Datiere immer deine Briefe, hatte sie mich gelehrt. Gott sei gedankt für diese Fuji-Kamera.

22

Guten Morgen, es ist 5.33 Uhr, und ich fühle mich mit meinem Bart wieder wohler. Gestern stöberte ich durch eine Kiste Kleider und fand einen dunkelblauen Pullover, den ich ganz vergessen hatte. Er hat ein silbrig-weißes Muster aus kleinen Formen, und die heben das Silber in meinem Bart hervor oder lassen es wenigstens weniger unabsichtlich erscheinen.

Uns sind die Äpfel ausgegangen, also habe ich eine Birne mit hereingebracht. Ich habe sie gegen das Feuer gehalten, um das Etikett zu lesen, worauf «#4418 Forelle» steht, und dann darum herum in Großbuchstaben in einem grünen Band REIF, WENN SANFTEM DRUCK NACHGIBT. Ich wachte um 5.15 Uhr auf, und ich zitterte. Ich nahm jedes Zittersystem detaillierter, präziser als sonst wahr. Es begann im Rumpf und stieg dann vibrierend mein Rückgrat hoch, bis ich spürte, wie die Nackenmuskeln mitmachten, dann war es weg. Die Ente zittert manchmal. Ich war froh, als ich als Kind erfuhr, dass Zittern einen nützlichen Zweck hat und nicht einfach nur ein Symptom kryothermischen Stresses ist, wenngleich es eindeutig auch dafür steht, da man sich dabei schlecht fühlt. Wenn man zittert, weiß man, dass man ins Haus gehen oder etwas Wärmeres anziehen muss, und man will es auch tun, da die Empfindung des Zitterns unangenehm ist. Für manche Tiere dagegen, die nicht ins Warme gehen können, ist das Zittern vielleicht eine neutrale oder gar angenehme Empfindung, eine Form des Zeitvertreibs.

Ich habe meine gegessene Birne ins Feuer geworfen. Phoebe hat gestern ihr Zimmer aufgeräumt und zwei Scheren gefunden; mit einer werde ich meinen Bart stutzen, sodass ich, wenn ich heute in die Mittagspause gehe, keine Salatsoße darauf kriege und die Zunge nicht dafür benutzen muss, einen Teil meines Barts in den Mund zu ziehen und den Lunch abzusaugen. Mein Bart ist so lang geworden, dass er auf einer Seite schlafgequetscht und auf der anderen aufgestellt sein kann. An Wochenenden dusche ich manchmal erst nachmittags, und wenn ich dann in den Laden fahre, muss ich meinen Bart im Rückspiegel symmetrisch aufplustern. Allerdings schauen mich die Leute kaum einmal komisch an, also sehe ich wohl nicht allzu exzentrisch aus.

Meine Birne hatte Vogeleiertüpfeleien von einer Zartheit, wie ich sie nie zuvor auf einer Birne gesehen hatte, und selten auch auf einem Vogelei. Allerdings war sie nicht ganz reif; ihre Schale hatte nicht jene überragende Körnigkeit, wenn das Fleisch im Mund zergeht und die zerfallende Schale an den Backenzähnen schabt. Apfelschalen müssen kräftig und stetig gekaut werden, und obwohl sie glatt sind, überstehen scharfkantige Flächen eine Menge Backenzahnmahlen. Eine reife Birne zu essen ähnelt dagegen dem Schneiden eines Blatt Papiers mit einer Schere: Man spürt die Körnung des geschnittenen Papiers, übertragen von den

Klingen bis in die Finger, man kann den Angelpunkt des scharfen Durchschnitts ahnen. Scheren gehören zu den zahlreichen Produkten, die im Laufe meines Lebens besser geworden sind. Früher wurden sie am Scharnier immer lockerer und wacklig, und wenn sie wackelten, falteten sie das Papier zwischen den Klingen, statt es zu schneiden. Stieß man den Daumengriff beim Schließen der beiden Ringe jedoch in die entgegengesetzte Richtung des größeren Rings des Fingergriffs, konnte man sogar mit lockeren Klingen ganz ordentlich schneiden.

Als ich ein Kind war, durchschnitt niemand (wie es heute viele tun) Einwickelpapier, indem man die Schere durchs Papier steuert, ohne die Klingen zu bewegen – das war eine spätere Entdeckung, oder es hing von einer gewissen Sorte weichen Einwickelpapiers oder einem gewissen Grad an Scherenschärfe ab. Ich habe die Scheren in San Diego gekauft – sie werden in China hergestellt, und sie haben rote Plastikgriffe.

Mir geht's nicht so gut.

In San Diego hatten wir noch eine andere Maschine, einen Schlauch-Organizer – eine Maschine, die man kurbelte und damit den Schlauch wie einen Faden aufwickelte. Daran war eine Schlauchführung, die hin und her glitt, sodass sich der Schlauch gleichmäßig auf die Spule wickeln ließ. Als wir fortzogen, schenkten wir den Schlauch-Organizer unseren Nachbarn; es war klar, dass sie ihn wollten. Wenn man einen Schlauch per Hand aufrollt, nachdem man damit gespritzt hat, muss man das ganze Ding durch die linke Hand gleiten lassen, die sie dann in eine Reihe lassoartiger Kreise am Hahn bringt. Der Schlauch ist beim Aufwickeln nass, sodass er, während man ihn herzieht, mulchige Teilchen mitführt, die einem dann an die Hand kommen, und Schneckenschleim; hat man dagegen einen Schlauch-Organizer, kommt man sich vor wie ein Mitglied der Besatzung eines Handelsschiffs, das den Anker lichtet oder das Großsegel vierkant brasst.

23

Guten Morgen, es ist 5.20 Uhr – ich dachte, Zittern komme nur vom Frieren, aber gestern bei der Arbeit bekam ich zunehmend Fiebergefühle, und jetzt ist mir schwach, und von dem Geruch des flammenden Streichholzes wird mir übel. Ich habe einen Apfel aus einer nagelneuen Apfeltüte probiert, aber ich möchte mich einfach nur auf den Fußboden legen. Der Blizzard gestern hat mich kalt gelassen, und ich habe die ganze Nacht mit kleinen wahnhaften Halbgedanken verbracht.

Ich lege mich jetzt auf den Boden, wo es kühl ist.

24

Guten Morgen, es ist 6.30 Uhr. – Gestern konnte ich den ganzen Tag lang spüren, wie die Adern in den Schläfen den Kopfschmerz speisten. Am Morgen, ich redete gerade mit Claire, musste ich abrupt husten und ging dann hinauf ins Bad, und dann, ich dachte, das könne unmöglich geschehen, kotzte ich einen riesigen Schwall Wasser, Tylenol und Apfelbröckchen auf den Badezimmerboden, noch bevor ich die Toilettenschüssel erreichte. Ich fühlte mich wie ein Windsack an einem windstillen Tag. Nachdem die Wucht des Erbrechens vorbei war und ich das Nasenbluten im Griff hatte, bat ich Claire, mir einen Mopp zu bringen, und ich bat Henry, eine Rolle Küchenkrepp zu bringen, und in dem aufwallenden guten Gefühl, das einer stundenlangen Übelkeit folgt, putzte ich alles weg. Meine Socken warf ich weg; sie hatten sowieso Löcher in den Fersen. Dann legte ich mich ins Bett und schlief, und als ich aufwachte, hatte ich wahnsinnige Kopfschmerzen, die den ganzen Tag anhielten. Aber Claire brachte mir irgendwann Tonicwasser und Salzcracker, und obwohl ich mich noch einmal erbrochen habe, glaube ich, dass diese Phase vorbei ist. Tief in meiner Brust tut sich etwas. Juliet, die Frau von nebenan, die das Tagesheim leitet, hat Lungenentzündung; ganz fröhlich erzählte sie Claire an der Bushaltestelle ihre mittelalterlichen Symptome, und dann erzählte Claire sie mir.

Indem ich es mit etwas von einem alten Telefonbuch, einem ganzen Sechserpack-Limonadenhalter und einer leeren Backpulverschachtel fütterte, habe ich das Feuer schließlich zum Laufen gebracht. Ich weiß nicht, wie lange ich hier sitzen kann, aber ich kann schon von Glück sagen, dass ich das alles überhaupt machen kann. Neben meinem Bein habe ich auf dem Ascheimer ein Glas Tonicwasser und fünf Salzcracker stehen. Ach, die kleinen Salzfunken auf den Crackern und die klare Süße des Tonicwassers. Gingerale war keines da, aber Tonic tut's auch.

Ich wusste gestern, dass ich Fieber hatte, dennoch hatte ich anfangs kein Verlangen, es mit dem Thermometer zu messen. Man weiß es einfach – auch bei den Kindern. Man fasst sie einfach auf den Rücken, unterhalb des Nackens, und wenn es da sehr warm ist, dann, ja, dann haben sie Fieber. Der Mond ist heute Morgen auf Streife. Ich hatte den ganzen Tag immer jeweils eine Viertelstunde geschlafen, hatte auf knorpeligen Gedankenstücken traumgekaut, mich auf die eine Seite gewälzt und dann auf die andere, dabei die Decke mit der Hand gehoben, damit meine Knie darunter durchkonnten, ohne die Decke vom Bett zu schieben. Vielleicht sollte ich jetzt wieder ins Bett. Mein Kopf dreht sich matt, wie ein Rosenkohl in kochendem Wasser, und dennoch habe ich bloß Grippe. Ich glaube, ich esse noch einen Cracker.

Gestern ging es mir gegen Abend ein wenig besser, und da fand ich, dass ich eigentlich doch ganz gern meine Temperatur wüsste. Wenn ich es nicht wüsste, würde ich meine

Krankheit nicht entsprechend würdigen, da die einzig wahre Leistung einer Krankheit die Schaffung von Fieber ist. Der Rest ist Murks. Ich fand das Thermometer und legte mich wieder ins Bett, lehnte mich gegen die Kissen und schob das Cocktailstäbchen in das fleischige Kirchensouterrain unter meiner Zunge, rechts von der Finne dehnbaren Gewebes, das in der Mitte verläuft. Das kühle Glas hatte beinahe einen Geschmack, aber dann doch nicht; vielleicht war es der Geschmack, nachmittags an einem Lunchtresen zu sitzen und aus dem Fenster zu schauen. Mein Unterkiefer kam ein Stückchen vor, sodass ich das Gerät sanft mit den Zähnen wiegen konnte, und ich hielt die Lippen gespitzt und wartete darauf, dass das Quecksilber sich in meinen tiefsten Speicherrückhaltebecken erwärmte; und während ich wartete, sah ich mich im Zimmer um und ließ die Fingernägel auf einem, wie sich zeigte, ungewöhnlich interessanten Wandabschnitt weiden. Immer mal wieder rutschte das Thermometer ein Stückchen heraus, dann runzelte ich die Stirn, klemmte es fest zwischen die Zähne und holte es mit den Lippen schimpansengleich wieder ein. Schließlich war es Zeit nachzusehen, wie viel Temperatur ich hatte. Ich hielt das Glas sehr dicht an die Augen und drehte es. Zunächst sah ich jenseits des Dreiecks flüssig angeschwollene Ziffern tanzen und Sherry trinken, und dann, als ich es weiterdrehte, hievten sie sich herum und wurden präzise, eingefasst mit gut gepflegten Gradierungsstrichen, und dahinter blitzte das unendlich dünne Silberband, die Seele der Körpertemperatur, gestoppt ein wenig unterhalb von 38,4 Grad. Einigermaßen erleichtert sank ich zurück: Ich hatte tatsächlich Fieber. «Ich habe 38,4!», rief ich allen zu, die es hören mochten.

«Das tut mir aber Leid, Dad!», rief Phoebe aus ihrem Zimmer. Sie schrieb an einem einseitigen Aufsatz über Voltaire.

Ich dachte an jene Zweihundert-Kilo-Leute aus den Boulevardblättern, die ihr Bett nicht verlassen können. Dann erinnerte ich mich an das Bild von einer Frau mit einer Wachstumshormonkrankheit. Sie wächst und wächst ohne Ende. Vor einigen Jahren bat sie Michael Jackson, ihr Geld zu schicken, was er dann auch tat, aber jetzt, wer weiß? Er muss mit seinen eigenen Entstellungen zurechtkommen.

25

Guten Morgen, 3.49 Uhr, und ich verhalte mich, als wäre alles normal. Als mein Apfel wieder mal vom Ascheimer fiel und über den Fußboden rollte, machte er ein leises ominöses Geräusch, und da erinnerte ich mich an eine Besprechung, die ich als Kind gelesen hatte, über einen Film von Roman Polanski, in dem jemand der Kopf abgeschlagen wird, der dann die Treppe hinabpoltert. Das Zimmer hier ist weder eben noch lotrecht. Auf dem Fußboden ist in einer Ecke ein großer Buckel: Im Lauf der Jahre haben sich die Dielen einfach verdreht und verbogen, um sich den Kräften anzupassen, denen sie da ausgesetzt sind. Ich bin seit eineinhalb Stunden wach und blättere mein Sorgen-Rolodex durch. Seltsamerweise trinke ich Kaffee, und daran hängt eine Geschichte. Claire, die wusste, dass ich entschlossen war, heute Morgen wie üblich aufzustehen, war so freundlich, vor dem Zubettgehen die Kaffeemaschine bereitzustellen. Schlaftrunken schwenkte ich den Kaffeefilter auf, sah in dem Dämmer, dass er nicht leer war, und kippte ihn aus; doch der Filter schien allzu leicht in den Müll zu fallen. Erst als ich Wasser in den Tank der Kaffeemaschine goss und ein wässriges Antwortgeräusch ertönte, erkannte ich, dass ich soeben frischen Kaffee weggeworfen hatte.

Gestern verbrachte ich beinahe den ganzen Vormittag dösend im Bett und ging dann schließlich so gegen eins zur Arbeit. Jetzt habe ich Schmerzen am Steißbein – dorthin ist meine Brustinfektion abgesunken oder hat eine alte Wunde geweckt. Letztes Jahr fiel ich aufs Steißbein, als ich ins Auto steigen wollte. Tränen schossen, Schmerz bohrte. Und dieses Ereignis war das Erwachen einer sehr alten Verletzung, als ich einmal in der Fünften mit dem Schlitten einen steilen Hang hinunterfuhr. Es war eine lange Fahrt ohne Zwischenfälle, und dann kam ich an eine recht unbedeutend wirkende kleine Schräge von einem Schneehaufen auf einem schneebedeckten Schulparkplatz. Hinter dieser kleinen Schräge landete ich voll auf dem Steißbein. Es tat noch Monate später weh. Ich dürfte mir wohl etwas gebrochen haben, aber Steißbeine sind wie Zehen, Überbleibsel von auf Bäumen lebenden Primaten. Es ist eigentlich nicht besonders wichtig, ob sie gebrochen oder nur geprellt sind.

Um mich abzukühlen, ging ich eben ins Esszimmer, und beinahe hätte ich mich auf die zwei Stufen zwischen dem Esszimmer und der Küche gesetzt und mich ausgeruht, stattdessen aber ging ich in die Küche und trank ein Glas Wasser. Der Mond ist überall – unmöglich zu sagen, welche Farbe er hat –, ich dachte, es sei Neuschnee, aber es war bloß Mond.

Vor einigen Jahren nahm ich mir einmal vor, eine Küchenkreppmustersammlung anzulegen. Angeboten von den Küchenkreppherstellern, kamen und gingen Hunderte von Mustern, und anders als bei Tapetenmustern hatte niemand Interesse daran, sie als Indizien für den amerikanischen Geschmack zu studieren. Erinnern Sie sich noch, als ein Hersteller plötzlich in vier Farben druckte? Ich glaube, das war 1996. Ich stellte mir dabei einen großen Folianten vor, auf jeder Seite ein einzelnes Tuch, dazu ein Etikett mit Angaben, was es war, wer es hergestellt hat, Datum, Bemerkungen usw. Ich sammelte ungefähr acht Küchenkreppmuster und stellte das Projekt dann ein: Mir fehlt die lernbegierige Methodik, die nötig ist, um eine wirklich großartige Küchenkreppsammlung anzulegen. Und der wesentliche Punkt ist, dass die Designs, die ich hätte sammeln wollen, die ganz oben auf meiner Wunschliste, aus meiner Kindheit und vom Beginn meiner Ehe sind. Die heutigen Designs sind durchaus in Ordnung, aber die damaligen – die von Sticktüchern inspirierten Muster und die einander abwechselnden Pfeffermühlen und Karotten – bargen eine allegorische Faszination. Natürlich fand man Küchenkrepp damals aufregender – das kam von dem riesigen Werbebudget für Bounty, dem «Wisch und weg». Eine bedeutende Veränderung bei den Papiertüchern seit dem Auftauchen der Großmärkte ist der Wandel bei der Blattgröße. Die alten Rollen hatten über alle Marken hinweg eine absolut gleichmäßige Größe, was sehr hilfreich war, weil man ein Blatt einfach abreißen konnte, ohne nachzudenken. Dann machte ein Hersteller die Blätter auf einmal, aus unbekannten Gründen – vielleicht, damit sie schneller verbraucht wurden –, viel länger, und ich riss ständig die Rolle aus dem Halter, weil ich an der falschen Stelle zog. Die Rolle, die ich heute benutzt habe, hat übertrieben kurze Blätter – allerdings gut, weil man pro Zug weniger verbraucht. Aber dabei ist die Gleichmäßigkeit vor die Hunde gegangen.

Wenn man mit dem Gesicht ganz nahe ans Fenster geht, spürt man durch die Scheibe die Kälte draußen. Ich ging nach oben, auf die Toilette, und war verblüfft, wie wunderbar kühl unser Schlafzimmer war. Claire kam zum Pinkeln raus und sagte verschlafen: «Ich habe den Kaffee für dich aufgesetzt.»

«Ich weiß, tut mir schrecklich Leid.»

«Du hast ihn weggeworfen.»

«Ja, tut mir Leid.»

«Wir müssen eben chinesischen bestellen», murmelte sie, fast schon wieder eingeschlafen.

Ich fragte sie, ob es sie nach etwas verlangte, was ich eventuell im Schlafanzug verstaut habe.

«Im Moment alles klar, danke», sagte sie.

Ich denke immerzu an eine Knieoperation, die ich vor Jahren einmal hatte, als ich die arthroskopische Sonde auf einem kleinen Bildschirm beobachtete und meine Kniescheibe von unten sah, wie eine Eisscholle aus der Perspektive eines tief tauchenden Seehunds, mit einigen Bläschen, die wie Luft aussahen, aber, so der Chirurg, Fettbläschen waren. Er nähte meinen gerissenen Meniskus zusammen, dann ging's mir wieder besser, nachdem ich acht Kriminalromane gelesen hatte, von denen ich keinen in Erinnerung habe. Nein, an einen erinnere ich mich. Es war ein Perry Mason von Erle Stanley Garner, in dem eine Figur auf einem Schiff an Deck geht, weil er «eine Lunge voll Sturm» will. Das will ich jetzt auch – eine Lunge voll Sturm.

26

Guten Morgen, es ist 4.21 Uhr, und die Birkenrinde brennt richtig gut. Ich kann eine Unterhose mit den Zehen aufheben. Dabei gibt es zwei Möglichkeiten. Die meisten Leute würden so einen Stoffhaufen mit Hilfe aller kurzen, stummeligen «normalen» Zehen aufnehmen, indem sie ihn an den Fußballen klemmen und anheben, aber wegen meiner ungewöhnlichen Mittelzehen, die lang und gebogen – distinguiert – sind, kann ich das Unterteil anheben, indem ich den Unterhosenbund mit Mittelzeh und großem Zeh in einen Zangengriff nehme: Dann hebe ich die Unterhose, reiche sie an meine Hand weiter und schleudere sie zum Wäschepuff. Da falle ich dann beinahe schon um, fange mich aber, indem ich den unterhoseschnappenden Fuß sogleich auf den Boden stemme. Wenn man eine Unterhose in einer bestimmten Weise wirft, nimmt der Hosenbund in der Luft seine volle Kreisform an und rotiert langsam auf seinem Weg zu der schmutzigen Wäsche.

Nachdem ich gestern mit meiner Unterwäsche so verfahren war, duschte ich, was ereignisarm war bis auf einen Augenblick ungefähr in der Mitte. Ich legte gerade die Seife in den gummiverkleideten Drahtseifenhalter zurück, der oberhalb des Duschkopfs hängt. Es ist ein hilfreicher Halter, weil die Seife zwischen Morgen und Morgen trocknet, Seife, die in der Ecke der Dusche oder an einem gefurchten Plätzchen oder auf einem eingebauten Sims sitzt, dagegen nicht. Ich verwende Basis-Seife, weil die keine gehirnschrumpfenden Parfüme enthält. Sie ist voll sehr dichtem, schwerem Seifenmaterial: härter und schwerer als beispielsweise Ivory-Seife. Und sie hat eine schöne, glatte ovale Form, beinahe eine Eiform. Aber sie ist schwer wie ein Briefbeschwerer, hart wie Travertin, wenn trocken oder frisch benässt, und äußerst glitschig. Mehr als einmal habe ich die Gewalt über so ein Stück Seife verloren. Und als ich sie gestern fallen ließ, bemerkte ich, dass, kaum war mir die Seife aus den Fingern geflutscht, meine Zehen sich hoben, sich so hoch sie konnten von der Wanne reckten, während die Füße sonst blieben, wo sie waren. Beide Zehensätze taten das in dem Augenblick, als die Seife meine Faust verlassen hatte. Offenbar hatten meine Zehen seit den Frostbeulen, die ich einmal im Winter bekommen hatte, etwas vom Leben gelernt. Sie haben gelernt, dass es ganz schön wehtut, wenn sie auf dem Wannenboden aufliegen und ein Stück Seife auf sie fällt; ragen die Zehen jedoch zwei Zentimeter in die Luft, wird ein Großteil der Aufprallenergie absorbiert, wenn das Seifenei die straff gespannten Zehensehnen zwingt, sich zu dehnen, und der Aufprall auf Frostbeulen oder heilende Zehenknochen ist nicht annähernd so schmerzhaft. Das haben sie im Laufe vieler Jahre durch Erfahrung gelernt, ganz von allein, und jedes Mal, wenn ich nun mit einer Seife hantiere, biegen sie sich wachsam, in Erwartung des möglichen Stoßes, aufwärts. Während alldem sind meine Augen geschlossen, sodass ich keine Ahnung habe, wohin die Seife fällt; ist sie auf der Wanne aufgeschlagen und macht ein kegelbahnartiges Geräusch, entspannen sie sich.

Einer meiner Mittelzehen hat, wie auch mein Steißbein, eine alte Verletzung. Mit siebzehn war ich den Sommer über Nachtkoch in einem beliebten Lokal, dem Benny's: Nach Lokalschluss putzte ich die Küche, wischte alle Flächen, goss Bleichmittel auf die Schneidebretter und spülte die Friteusen aus, und als Letztes wischte ich den Fußboden. Anfangs brauchte ich für das Putzen bis vier Uhr morgens, und nach zwölf Stunden auf den Beinen waren meine Knöchel geschwollen; später wurde ich schneller und putzte zum Vergnügen auch unsere Küche zu Hause, schüttelte den Toaster aus und ging auch noch unter die Brenner am Herd. Zum Nachtkoch hatte man mich befördert, als der Chefkoch am Bierteigfisch-Freitag, unserem wichtigsten Abend, die Brocken hinschmiss und ging. Der Geschäftsführer und der stellvertretende Geschäftsführer stellten sich an die Friteusen – ich spezialisierte mich auf Zwiebelringe. Zu schwungvoll zog ich eine Metallschublade mit Drei-Liter-Kartons voller halb gefrorener Muscheln auf; die Schublade kam ganz heraus und fiel mir auf den Zeh. Der Schmerz war ungeheuer. Ich summ-flüsterte ein lang gezogenes tremolierendes Stöhnen vor mich hin, aber es musste ja weitergehen – ich begann damit, die eisigen Muscheln in Paniermehl tanzen zu lassen.

Vor seinem Abgang gab der Chefkoch noch zwei Informationen an mich weiter, die ich nicht vergessen habe. Die erste bezog sich auf mein Beharren, dass die Küche sauber sein müsse. «Ist sowieso alles zum Essen», sagte er. Die zweite kam, als ich vergaß, dass eine Bestellung nicht Hamburger, sondern Cheeseburger war. «Pass auf», sagte der Koch. Er nahm eine viereckige Scheiblette amerikanischen Käse und tauchte sie einen Augenblick in das heiße Wasser im Wärmtresen. Der Käse schmolz ein wenig und sah köstlich halb geschmolzen aus, als er auf dem Burger hingeklatscht lag. Allerdings war das Wärmtresenwasser nicht sauber; fast hätte ich selbst eine Scheibe Käse hineingetunkt, tat es dann aber noch nicht.

Ich mochte eine Kellnerin mit einem breiten hübschen Gesicht und einem Mund, dessen viele Zähne sie zu einem ausladenden Lächeln zwangen. Einmal machten wir zusammen Pause; sie sagte, sie wolle Dichterin werden. Ihr Lieblingsdichter sei Rod McKuen, sagte sie.

Benny's Restaurant gibt es nicht mehr: Jetzt ist an der Ecke ein Drugstore mit falschen Dachgaubenfenstern, die von innen mit zurückgesetztem Neon erleuchtet sind, um den Eindruck zu erwecken, dahinter seien gemütliche Mansardenschlafzimmer. Wenige können noch, wie ich, den außerordentlich schlimmen Geruch bezeugen, der aus Benny's Müllcontainer im Hof drang. Was war das nur für ein unglaublicher, durchdringend scheußlicher Geruch. Manchmal wollten Leute sehr spät nachts noch frühstücken, und umgedrehte Spiegeleier habe ich nie beherrscht; häufig gingen sie kaputt, wenn ich sie herumdrehte, und dann versuchte ich, das kaputte mit einer unbekümmerten Toastscheibe zu verdecken. Aber für meine Zwiebelringe habe ich immer Komplimente bekommen.

27

Guten Morgen, es ist 5.42 Uhr. – Gestern Abend hielt ich mich für sehr klug, als ich Papier, Pappe und Holz für das Feuer aufschichtete, um jetzt einfach ein Streichholz anreißen und den Morgen beginnen zu können. Allerdings hatte sich tief in den Kohlen die Hitze gehalten und mein vorbereitetes Feuer vorzeitig entzündet, irgendwann mitten in der Nacht, sodass die Scheite, als ich vor einer Viertelstunde hier eintraf, zu einer orangen Rumpfmannschaft heruntergekokelt waren. – «*Start building.*» Wenn sich in *Jeopardy* jemand als nicht ganz so schlau erweist, wie er geglaubt hat, und er alles setzt und verliert und auf null zurückfällt, während die anderen in den Tausenden sind, sagt Alex Trebek, der Moderator, zu ihm: «*Start building.*»

Ich habe jetzt eine sehr verstopfte Nase, und wenn ich schlafe, trocknen mir die Zähne aus, weil ich durch den Mund atme, und dann kleben meine Lippen daran fest wie an sonnendurchglühten Schieferplatten, und von dieser starren Grimasse wache ich auf, und dann kommt der gute Augenblick, in dem ich die Lippen ausstülpe und dann anpresse, sodass die Zähne wieder feucht werden. Erst leisten sie Widerstand, aber dann setzt das Gleiten unvermittelt wieder ein, und man begießt die Zähne, und auch die Zunge, die ebenfalls eine Stunde dörrender Entbehrungen durchlitten hat, kommt in Bewegung. Ach, ich bin so froh, auf zu sein. Wer hätte gedacht, dass ich insgeheim ein Frühmorgen-Mensch bin und vielleicht schon immer war? Ich jedenfalls nicht. Claire ist mit uns an Neujahr den Sonnenaufgang ansehen gefahren, und das hat mich verändert. Ich hatte mich immer über die Männer amüsiert, die um halb sieben zur Arbeit gehen, «in aller Frühe» – aber sie haben ja Recht: Man möchte was tun, wenn die Welt noch still ist; Stille und Menschenleere sind dann der Treibstoff. Nur dass für mich die Wendung «in aller Herrgottsfrühe» hieße.

Wo wir schon beim Thema Treibstoff sind – ich glaube, ich weiß, warum ich heute Morgen so besonders glücklich bin. Weil ich nämlich gestern, als ich das Auto betankt habe, genau auf sechzehn Dollar gekommen bin. Ich schraubte den Deckel ab und legte ihn aufs Autodach, und ich wählte die Benzinsorte, Normal, und ich begann zu tanken. Das Metall des Zapfhahns war sehr kalt an den Fingerknochen; der Schlauch machte einen kleinen Satz, als das Benzin hindurchzulaufen begann. Ich blickte hoch von meiner Tankhocke, starrte auf die elektronischen Zahlen an der Zapfsäule und versuchte, die Bewegungen der rasenden Centreihe zu erfassen, aber sie sind so schnell, dass man letztlich nur die Teile der LED-Zahlen mitkriegt, die einige Ziffern gemein haben: Beispielsweise haben die 4, die 5 und die 6 alle eine horizontale Mittelstange, aber bei der 7 blinkt die Stange weg, bei der 8 und 9 kommt sie wieder und verschwindet bei der 0 und der 1; und es gibt auch noch andere Rhythmen, sodass jeder Zehn-Cent-Zyklus eine ganze Menge blinkender Synkopenaktivität aufweist. Aber man darf sich nicht in deren Betrachtung verlieren. Wenn fünf Dollar durchgelaufen sind, muss man sich dazu aufraffen, das Blinken der Cent-Reihe zu ignorieren und sich auf den wummernden Grundschlag der Zehnerreihe zu konzentrieren. Man muss den Rhythmus in den Kopf bekommen und dann regelmäßig mit dem Fuß tappen, sodass man zu einem Dauerflussautomaten wird – 30, 40, 50, 60, 70. Man zählt weiter bis über zehn Dollar hinaus, dann elf und zwölf, man sieht die mystischen Dollar wechseln und darf dabei den Griff nicht loslassen, den Fluss nicht verringern, man muss das Benzin volle Pulle laufen lassen, dabei die Zahlen zählen und skandieren und tappen – man ist zu einem Monster an Genauigkeit geworden –, und dann macht man sich bereit, auf einmal loszulassen, wusch. Gestern zielte ich eigentlich auf vierzehn Dollar, und als ich mich der Vierzehn näherte, fand ich, dass ich gut für die Fünfzehn bin, und als ich dann an die Fünfzehn kam, sagte ich zu mir: «Geh auf die Sechzehn, du krankes Schwein», und ich biss die Zähne zusammen und zählte mit starrem Blick sechs, sieben, acht, neun und *weg*. Häufig bin ich enttäuscht: Dann bleibt die Zahl bei $ 16,01 oder gar $ 16,02 stehen – selten darunter. Aber nein, gestern blieben die Zahlen exakt bei $ 16,00 stehen, und ich sagte: «Bingo, Baby.» Wenn es beim Geld hinhaut, widerfährt einem an dem Tag etwas Gutes. In meinem Fall war das Gute, dass mir, als ich zum Bezahlen des Benzins hineinging, ein Karton Donuts auf einer günstig platzierten Donutauslage gleich bei der Kasse ins Auge fiel. Drei Donutarten – Zimt, Einfach und weißer Puder, von dem man husten muss – waren alle in einem Karton, alle sah man durch die Plastikfenster wie die Postadresse an eine Welt, in der jeder mit vollem Mund sprach. Ich kaufte sie, obwohl das bedeutete, dass ich nicht einfach einen Zwanzigdollarschein geben konnte, und als ich dann zu Hause ankam, den Karton über dem Kopf haltend auf meinem knirschenden Weg durch den Schnee zur Veranda, öffnete mein Sohn die Tür und sagte: «Donuts! Bingo, Baby.» Früher stand ich eigentlich auf die mit Zimtpuder, aber jetzt finde ich, dass die altmodischen Donuts eine leicht bittere Adstringenz haben, die einem das Gefühl gibt, dass die Zähne sauberer sind, nachdem man einen gegessen hat, so wie ich gerade eben.

28

Guten Morgen, es ist 4.32 Uhr, und da ist wieder die Zugsirene, die durch die Nacht heult. Meister des Pathos sind sie, diese professionellen Zugsirenenstimmer. Sie wissen genau, was uns mitten ins Herz trifft. Ich erinnere mich an einen Western, in dem ein Mann dicht am Herzen von einem Pfeil getroffen wurde, der eine abnehmbare Spitze hatte. Zog er den Pfeil heraus, blieb die Spitze drin, und er starb unweigerlich. Also musste er den Pfeil ganz durch die Brust und zum Rücken hinaus stoßen, die Pfeilspitze entfernen und dann den unbewehrten Schaft vorn wieder herausziehen. Er verzerrte das Gesicht und zitterte, aber er überlebte.

Nichts dergleichen ist mir passiert. Ich habe einfach nur mein Dreirad gefahren, bin zur Schule gegangen, habe meine Fahrradlager geschmiert, einen Job bekommen, geheiratet, Kinder bekommen, und da bin ich nun. Heute Nacht sind viele Sterne zu sehen – ich betrachtete einen durchs Fernglas, und er brach entzwei, weil die Linsen verzerrten. Vielleicht waren es auch meine Tränen. Nein, kleiner Scherz. Ich bin ein Kind der Stadterneuerung. Als ich aufwuchs, fielen die Ulmen und die Gebäude. Einmal ging mein Vater mit mir auf den Reservoir Hill, um um das Reservoir herumzulaufen, was wir immer mal wieder taten. Ich war sechs Jahre alt. Wir hatten einen Blick über die ganze Stadt. Er zeigte aufs Zentrum. «Siehst du das Ding da mit den drei Bögen?», sagte er. Ich sagte ja. «Das ist der Bahnhof. Den reißen sie ab.»

Ich fragte ihn, ob wir sie daran hindern könnten. Das versuchten schon welche, sagte er, und es gebe eine Unterschriftenaktion, was eine Liste mit Namen von Leuten sei, die das nicht wollten, aber es sehe nicht so aus, als ob man es stoppen könne. An einem Sonntag, ein paar Tage nachdem sie mit dem Abriss begonnen hatten, fuhren dann er und ich zum Bahnhof. Innen war er mit Kacheln verkleidet gewesen. Jetzt war er zum Himmel offen; aber der Brunnen an der großen Treppe war noch da, es war die Bronzestatue einer Frau, die einen Adler fliegen lässt. Der Brunnen verschwand später; niemand weiß, wo er geblieben ist. Das Gebäude war 1904 von einem einheimischen Architekten namens Richard Brinsley erbaut worden, einem Vertreter der Arts-and-Crafts-Bewegung. In den Seitenwänden waren Löcher, wo die schwarze Kugel hineingekracht war, und überall lagen zerbrochene Kacheln, aber viele waren auch noch unversehrt, und mein Vater und ich füllten eine Holzkiste damit und nahmen sie mit nach Hause. Brinsley hatte die Kacheln selbst entworfen – es gab vier verschiedene Muster. Sie hießen bunt glasierte Kacheln. Brinsley war zufällig auch der Architekt gewesen, der unser Haus entworfen hatte, weswegen mein Vater ihn auch kannte – in unserer Mansarde fand er Brinsleys Privatrezept für Stuck: eine Zutat war Pferdehaar.

Einige Kacheln verschenkte mein Vater an Angestellte,

und fünf verwendete er gleich für die Reparatur unseres Kamins, der beschädigt worden war, als die Vorbesitzer, ein Ehepaar, den Kaminsims herausrissen und einen schmalen Streifen modischen Schiefer anbrachten und einen gewaltigen rosa Spiegel darüber hängten. Mein Vater nahm den Spiegel ab und gab ihn einem Mann, der Strauchpäonien zog, und er schlug die kaputten Stellen in der Kachelwand heraus, mischte frischen Vergussmörtel und drückte die Kacheln vom Bahnhof hinein. Sie passten perfekt – perfekt –, als wären sie dafür gemacht gewesen. Eine durfte ich hineindrücken. Sie hatten so eine Art keltisches Muster in Grün und Braun, aber mit einer sehr weichen, porösen Glasur. Als der Mörtel trocknete, war er weißer als der um die anderen Kacheln herum. Das sah nicht gut aus, also dunkelten wir ihn mit schwarzem Magic Marker nach. Aber das Schwarz war zu dunkel, und dann wurde mir die Arbeit übertragen, allen Mörtel zwischen allen Kacheln des Kamins mit Magic Marker zu übermalen. Als ich fertig war, wirkte der Kamin streng und gediegen, nichts war mehr kaputt, und die Kacheln vom Bahnhof waren wie zufällige Sterne am Himmel der schlichten braunen Kacheln, die dort gewesen waren. Man konnte unmöglich sehen, dass ich mit schwarzem Magic Marker drangegangen war. Mein Vater setzte einen neuen Kaminsims über den Kamin, einen reich verzierten mit zwei sich ausschnörkelnden Schnurrbärten aus dunkel gebeizter Eiche, er war aus einer Kirche in der Main Street herausgerissen und an der Straße liegen gelassen worden, und als er fertig war, sah das Ding aus, als wäre es schon immer da gewesen, ein Kamin, auf den jeder Junge stolz sein konnte.

An der Stelle des Bahnhofs von Richard Brinsley steht

nun ein Parkhaus, in dem Verbrecher die Leute mit vorgehaltener Waffe überfallen; Amtrak hat mit großem Aufwand einen neuen und jämmerlich kleinen Bahnhof gebaut, in dem einige blaue Fiberglasstühle und Verkaufsautomaten stehen. Die Skulptur der edelbrüstigen Bronzefrau mit ihrem Adler ist nie wieder aufgetaucht. Das Einzige, was von dem ursprünglichen Bahnhof übrig geblieben ist, sind die Kacheln im Kamin meiner Eltern – und natürlich ist der Kamin nicht mehr der meiner Eltern, denn als sie sich scheiden ließen, haben sie natürlich auch das Haus verkauft. Aber das ist schon in Ordnung – die Kacheln sitzen auf immer in meinem Kopf fest; wenn ich nachts nach oben blicke, sehe ich sie inmitten der Konstellationen, umgeben von schwarzem Mörtel.

29

Guten Morgen, es ist 6.03 Uhr, spät. Gestern habe ich den Toilettensauger mit großem Erfolg bei der Badewanne eingesetzt. Der Kater war heute Morgen so empört hungrig, dass ich ihm eine Hand voll Katzenfutter in seinen Fressnapf klimpern ließ, danach führte ich die Hand ans Gesicht und roch daran. Es roch ganz gut – wie so manches Katzenfutter. Vielleicht feiert meine Nase, dass sie ihre Freiheit wieder hat. Katzen müssen, ehe sie zubeißen, ihr Futter immer erst in der Luft herumfliegen lassen wie Kleidungsstücke in einem Wäschetrockner oder kleine Hackysack-Bälle, weswegen sie zu häufigerem Kopfrucken gezwungen sind, als nötig scheint.

Leider ist der Kater ein zwanghafter Fresser. Neulich habe ich ihn durchs Fenster beobachtet, nachdem er einen vollen Napf getrocknetes Katzenfutter in Form kleiner Fische verschlungen hatte. Besonders unerfreulich fand er die Eigenschaft des Schnees an jenem kalten Tag – ein schmutziger Schnee, der an seinen Pfoten haften blieb, weswegen er bei jedem Schritt die Hinterbeine schütteln musste, während er mit erhobenem Kopf nach Krähen und Maine-Katzen Ausschau hielt. Dann blieb er stehen und fing an zu würgen, den Kopf gesenkt, der Magen krampfend. Heraus kam nichts, aber er hatte zu viel zu schnell gefressen. Er hielt einen Augenblick inne, um sich zu sammeln, dann ging er weiter, jedes Mal mit den hinteren Pfoten wedelnd.

Als ich heute Morgen aufwachte, schrieb ich im Kopf eine leidenschaftliche Petition, aber leidenschaftliche Petitionen bringen nichts, und jetzt bin ich hier unten. Was man normalerweise nicht wahrnimmt, aber dann doch, wenn es durch die Fenster zunehmend den Raum erfüllt, ist, wie hell, aber nicht blendend Tageslicht ist. Keine künstliche Quelle erreicht die besondere mühelose Bläue dieses jeden Spalt reinigenden Lichts. Es ist ein einfaches Licht, das überallhin dringt, aber ohne Wärme, und es weiß, dass es als selbstverständlich betrachtet wird, und damit ist es zufrieden.

Sehr bald muss ich duschen und Phoebe zur Schule fahren und dann zur Arbeit. Noch bis vor mehreren langen Wochen war es so, dass in der Dusche mein Tag begann und sie auch der Ort war, wo ich bei geschlossenen Augen mein Morgendenken tat, und ich liebe das Summen des Deckenventilators und das klackernde Gleiten der Plastikringe auf der Duschstange, wenn ich den Vorhang zuziehe. Oft singe ich zum Dröhnen des Deckenventilators «Eight Days a Week». Und wenn ich hineinlange (bevor ich hineinsteige, damit ich nicht von Kalt oder Heiß beschossen werde) und nach Gefühl die Armatur einstelle, höre ich manchmal das klingelnde Geräusch des Wassers, wenn es die Röhre hinaufjagt und gegen den Duschkopf klatscht, wo es sogleich in zwei Dutzend Strählchen feiner, kichernder Gischt aufgespalten wird. Während es warm wird, drapiere ich meine Uhr über die Kante des Waschbeckens, dann bummle ich wieder zurück ins Schlafzimmer, um den Schlafanzug auszuziehen. Das kann ich übrigens, ohne mich bücken zu müssen, um ihn dann aufzuheben. Und das geht so: Man klemmt das Ende des linken Schlafanzugbeins unter den rechten Fuß, hebt das linke Bein und tritt auf dieser Seite aus dem fest geklemmten Flanell heraus. Dann ist ein Bein im Pyjama und eines nackt. Sodann klemmt man den unteren Rand des rechten Schlafanzugbeins unter den linken Fuß und beugt das Knie, wodurch die Schlafanzughose vollends abgestreift wird – dabei aber hält man den Hosenbund fest, sodass er nicht auf den Fußboden fällt, sondern man das lose und noch warme Kleidungsstück zusammenknüllen und für den Schlaf der nächsten Nacht unters Kopfkissen schieben kann.

Der Duschkopf ist tiefer als mein Kopf, ich muss mich also ein wenig ducken, aber das ist es mir wert – die schädelwärmenden Tropfen zwingen einen schluchzenden Seufzer der Erleichterung heraus. Ich bin nur mein Dusch-Ich – hässlich, nackt, schutzlos. Ich rasiere mich unter der Dusche mit geschlossenen Augen, ohne Spiegel, ertaste Stellen, die ich ausgelassen habe, mit den Fingerspitzen. Natürlich habe ich, da ich einen Bart trage, weniger zu rasieren, aber immerhin bleiben Hals und Wangen – nacheinander blähe ich die Wangen auf, damit die Follikel hervortreten. Manchmal habe ich die Angewohnheit, an der Unterseite zu hoch zu rasieren, dann muss ich bedenken, die Aufwärtsstriche früher zu beenden. Ich mag Bärte nicht, die die Rundung des Kieferknochens nicht bedecken: das heißt, Bärte, die eine Art Make-up sind, mit scharfen Kanten und Formschnittecken. Ich gehe mit der Seife, dem schweren ovalen Stück, an alle Stellen, an die sie muss, und achte darauf, sie, nachdem sie an gewissen Stellen war, für die nächste Person – das heißt, meine Frau – abzuspülen. Man kann die Seife sich in der Hand drehen lassen, ähnlich dem Blaulicht auf einem Streifenwagen, indem man einfach die Daumen- und Handtellermuskeln ein wenig bewegt: das sieht dann aus, als drehe sich die Seife von selbst und nicht, als drehe man sie. Die Seife so mehrmals unter der Gischt zu drehen ist eine gute Methode, sie zu säubern. Die Seife *muss* sauber zurückgelassen werden.

Mein Handtuch hängt über einer Stange auf der anderen Seite des Badezimmers, zu weit entfernt, um sie nach dem Duschen von der Wanne aus zu erreichen. Ich hinterlasse ungern Pfützen auf dem Fußboden, und die Beine zu schütteln, um vor dem Aussteigen etwas von dem losen Wasser abzubekommen, war wenig erfolgreich gewesen. Also nehme ich jetzt die Hände als Abstreifer: Auf halber Schenkelhöhe beginnend streife ich sie mit den Händen bis zu den Knöcheln ab. Sie wären überrascht, wie viel Wasser dabei weggeschnipst wird. Auf diese Weise hinterlasse ich ein einigermaßen trockenes Badezimmer, obgleich der Ablauf der Badewanne langsam genug ist, um als verstopft zu gelten, und diese sich, bis ich gestern zur Tat schritt, nach jedem Duschen füllte. Der kleine flauschige Läufer vor der Dusche nimmt die geringere Nässe von meinen Füßen auf.

Der Grund dafür, dass die Wanne so langsam leer lief, ist der, dass die Klempner einen Ablaufmechanismus mit einem nicht entfernbaren Metallstöpsel eingebaut haben. Man kann ihn ungefähr einen Zentimeter anheben, aber nicht weiter. Einmal rief ich den Klempner, um zu sehen, was er mit dieser teuflischen Apparatur machen konnte: Er nahm eine gebogene Büroklammer, stocherte damit in dem

Ablaufeinsatz herum und förderte etwas Haardreck zutage – nichts anderes hätte aber auch ich selbst gemacht. Mit einer Büroklammer lässt sich nur so und so viel ausrichten, und gestern, als ich in der Dusche stand und mir das Wasser von den Beinen streifte, blickte ich auf meine Füße hinab, die in dem Wasser standen, das nicht aus der Wanne sickerte. Es gab kein Ablaufgeräusch. Der Wannenablauf war eindeutig verstopft. Was konnte ich tun, um die Verstopfung zu beseitigen? Also, warum nicht der Ausgusssauger? Es gibt zwei Arten von Toilettensauger: der klassische backsteinrote Sauger, der allein stehen kann, und der etwas neuere schwarze Gummisauger, dessen Form eher dem eines Unterwassertiers ähnelt; es hat einen sich verjüngenden Teil, der ein kleines Stück in den Toilettenkanal gehen soll, und eine höhere Glocke, die bei jedem Arbeitsvorgang mehr Wasser wegstoßen und auch mehr Wasser ansaugen soll. Das ist der Doppelspülsauger, und so einen haben wir.

Der klassische Toilettensauger wäre bei der Badewanne nutzlos gewesen, weil man die Glocke nicht hätte niederdrücken können, der schwarze Doppelspüler hingegen funktionierte hervorragend. Ich zog Unterwäsche und Hemd an, sodann den Duschvorhang beiseite, stellte diesen naturgemäß nicht allzu hygienischen Sauger in das stehende Wasser und versetzte ihm einen Stoß und dann noch einen. Es gab die wunderbarsten tiefen Spritzgeräusche – gewaltige Saug- und Sprudeljapser, -ächzer und -schnaufer, als etliche Pfund Wasser in den Abfluss gedrückt und als fiese Fontäne oben aus dem Überlauf wieder herausgestoßen wurden. Ich arbeitete nun mit dem Wasser, als schaukelte ich ein Auto, wenn es auf der Zufahrt stecken geblieben ist, sog, stieß, sog, stieß. Einmal wurde es mit dem Ablauf noch schlimmer, dann entdeckte ich, dass sich der Abflussstöpsel von dem ganzen Wirbel gedreht hatte und zugefallen war. Als ich ihn wieder öffnete und den Sauger sorgfältiger über der Ablauföffnung zentrierte, erhielt ich echte Ergebnisse: Nach einem Stoß, dem ich den vollen Schub meines Arms mitgab, kam eine Supernova schwarzer Brocken hoch, mein *Gott*, mit einem zweiten Drücker noch mehr, und da wusste ich, dass ich das Wasser ohne Chemikalien, ohne Stocherschlangen, nur mit Kraft und Geschick zum Laufen gebracht hatte. Einen Augenblick hielt ich inne, um zu horchen: Jawohl, das Wasser rotierte durch die Rohre weg. Später gab es sogar noch einen kleinen Strudel, wie ein Regenbogen nach dem Sturm.

30

Guten Morgen, es ist 4.53 Uhr – ich habe Holz von der Veranda hereingeholt und es aufs Feuer gelegt, und da war mir, als hätte ich in dem Dämmer eine Spinne oder eine jener großen hüpfenden Ameisen in dem Versuch, der Hitze zu entkommen, obendrauf herumhuschen sehen. Aber es war weder eine Spinne noch eine Ameise, es war nur ein bisschen schwarze Asche, die von den Aufwinden hierhin und dorthin geweht wurde. Wo gehen die Spinnen hin? Eines Nachmittags im Herbst, es war kalt, aber noch nicht so kalt wie jetzt, legte ich ein Birkenscheit aufs Feuer. Die Flammen entzündeten die weiße Rinde, die knisterte und sich ringelte, und dann sah man auf einmal eine eher größere Spinne herausklettern und kleine nervöse Sprints in eine Richtung und dann in eine andere machen. Ich ging in die Küche und holte ein kleines Glas. Unterdessen war die Spinne stehen geblieben – sie war nicht furchtbar groß, und sie hatte ein dunkles Motiv auf dem gelben Unterleib, das aussah wie etwas, was man auf dem T-Shirt eines Bikers sehen würde. Ich hielt das Glas dicht neben sie, und sie spürte die nahe Kühle und ging hinein; als ich das Glas aufrichtete, rutschte sie auf den Boden. Jedes Mal, wenn sie versuchte, zum Rand hochzuklettern, während ich sie zur Hintertür hinaustrug, schüttelte ich das Glas ein wenig, sodass sie zurückfiel. Ich schüttelte sie auf den Holzstapel. Sie krabbelte zum Rand einer Rinde und versuchte drunterzukommen, aber ihr Unterleib war zu dick, um sie in das Dunkel krabbeln zu lassen. Auch an den oberen Segmenten ihrer Beine war etwas Gelb. «Viel Spaß», sagte ich zu ihr. Ich finde es nicht unbedingt schlimm, eine Spinne zu töten, aber es gibt einfach gewisse Dinge, die ich lieber nicht tue, und dazu gehört zuzusehen, wie eine Spinne Feuer fängt.

Es ist vollkommen still. Ich höre kein einziges Auto. Auf einem der Vorhänge sehe ich einen kleinen indirekten Schimmer des Mondes, und wenn ich tippe, machen meine Finger ein Getrappel, wie ein Eichhörnchen, das in Spiralen einen Baum hinaufläuft. Heute begann das Feuer mit Hilfe eines Katalogs der Vermont Trading Company, und ich habe die Überreste eines dicken Prospekts für einen Fonds auf Gegenseitigkeit bereitliegen, von dem ich neulich schon einen Teil verbrannt habe. Der Prospekt bestand aus einer Art Florpost – sehr kräftig und dünn und geräuschvoll beim Umblättern. Man sollte meinen, es würde schnell brennen, doch es läuft lahm an. Dann lodert es ganz gut auf.

Bei der Spinne muss ich an Fides denken, meine Ameise von früher. Wir bekamen sie, weil meine Großmutter Phoebe zu ihrem dritten Geburtstag eine Puppenküche aus Plastik schenken wollte. Meine Großmutter brachte die Puppenküche im Geschäft zu dem Tresen, wo die Geschenke eingepackt werden, und während sie eingepackt wurde, ging sie noch etwas anderes kaufen. Als sie wiederkam, gab man ihr das falsche Paket, was sie uns dann mit der Post schickte. Und so packte Phoebe als ihr Geburtstagsgeschenk eine Ameisenfarm aus.

Aber wir fanden es alle richtig schön, eine Ameisenfarm zu haben, und dann ließen wir uns auch die Ameisen kommen und schütteten das Granulat hinein und sahen zu, wie sie ihre Tunnels gruben. Sie kamen gut klar mit ihrer Farm, und dann fuhren Claire und Phoebe für zwei Wochen Claires Eltern besuchen – das war vor Henrys Geburt –, also hatte ich die Ameisen in meiner Obhut. Und es wurde um einiges kälter. Einige Ameisen mochten die Kälte nicht, und sie starben – wenn sie starben, rollten sie sich ein, was sehr praktisch war, da die anderen Ameisen sie so zu einer von zwei Grüften oder Grabstätten tragen konnten. Ich stellte die Ameisenfarm auf den Kaminsims, aber bezüglich der Kälte konnte ich nicht sonderlich viel tun – das Haus wurde eben einfach kalt. Nach einer sehr kalten Nacht fand unter den Ameisen ein großes Einrollen und Sterben statt. Weder Quellwassertröpfchen noch Salzkekskrümel halfen. Aber die verbleibenden Ameisen waren zäher. Sie gruben immer weiter. Es galt, bessere Tunnels zu machen – vielmehr nicht bessere, sondern andere. Und dann kam ich eines Abends von der Arbeit nach Hause und sah, dass nur noch eine Ameise lebte. Sie hatte ihre Freundin begraben.

Diese letzte Ameise war allerdings eine Superameise. Sie sah genauso aus wie die anderen, aber sie hielt durch. Ich taufte sie Fides. Ich erzählte Claire von Fides, wenn wir telefonierten – damals hatten wir noch keinen Kater und auch keine Ente, daher war sie meine einzige Gefährtin. Fides hielt sich durch Arbeit am Leben, daher war sie für mich ein gutes Beispiel. Stundenlang regte sie sich nicht, hielt ein langes Nickerchen, dann grub sie wieder einen neuen Tunnel. Ihr Tunnel kreuzte eine ehemalige Grabstätte, und während sie sich durch sie hindurchgrub, trug sie jede einzelne eingerollte Ameise zu einer neuen, besseren, höher gelegenen Gruft, die sie rechts von der Farm anlegte, oberhalb der Plastikscheune und des Silos. Nach einer ungeheuren Anstrengung hatte sie alle ihre gefallenen Kameradinnen erfolgreich von der linksseitigen zu der neuen rechtsseitigen Gruft überführt, dann häufte sie die Stein- und Sandkörnchen auf sie.

Fides, altes Mädchen, Fides, meine Gefährtin! Wenn ich ihr zielbewusstes Leben zwischen den beiden dicht beieinander stehenden Plastikscheiben betrachtete, hörte ich immer hohl tönende Choralmusik. Ich versuchte sie zu fotografieren, doch das Plastik reflektierte den Blitz, und ich kriegte nichts drauf, nur einen grell weißen Schein und ein oranges Datum. Ich gab ihr einen Krümel Salzkeks, und sie verbrachte eine halbe Stunde damit, ihn zu vergraben. Einige der Ameisen lösten sich auf und wurden zu nichts als schwarzen Fleckchen im Sand, Fides aber lebte weiter, langsamer, aber dennoch aktiv. Sie war nicht sentimental: Ich beobachtete, wie sie einen Teil einer ihrer Kolleginnen freilegte – ein Bein – und es unsanft hinter sich stieß.

Meine Familie kam zurück, und ich war nicht mehr allein. Aber die einsame Fides lebte noch ein, zwei Wochen weiter, dann drei, einen Monat, *über einen Monat* – sie lebte länger allein, als sie in Gesellschaft gelebt hatte. Mir ging das Quellwasser aus, also nahm ich Leitungswasser, was sie nicht zu stören schien. Ja, sie blühte davon richtiggehend auf – vielleicht war es für sie das geheime Elixier für langes Leben. Sie wusste, dass es niemanden gab, der ihren eingerollten Leichnam einst zu einer Ruhestätte tragen würde, also starb sie auch nicht. Ihr fiel die volle Verantwortung für die Farm zu. Sie bewegte die Fühler in kleinen Kreisen – sie befühlte alles, bevor sie es anhob. Manchmal bereitete sie mir Sorgen, weil sie sich ausruhte, indem sie den Unterleib unter sich schob, dann dachte ich, vielleicht geht es nun auch mit ihr zu Ende, aber nein – ich ließ ein bisschen Wasser hineintropfen, worauf ihre Fühler losgingen und sie eine Regenvermeidungsroutine begann und in einen trockenen Tunnel lief. Oder ich hauchte das Plastik an, wo sie gerade war, und sie spürte die Wärme und bewegte einen Fühler, wandte sich ihr dann zu und drückte sich an das beschlagene Plastikfeld.

«Lebt die Ameise noch?», fragte Phoebe eines Tages. Sie trug zwei Schürzen überm Kleid und ein rosa Tuch auf dem Kopf, auf dem wiederum ein Fez thronte. Ich sagte, ja, sie lebe noch. Sie sagte, es tue ihr Leid, dass die anderen Ameisen gestorben seien. «Als wir sie bekamen, waren es niedliche kleine Ameisen.»

Zwei Tage lang dachte ich nicht an Fides, und dann, mitten in der Nacht, erinnerte ich mich wieder an sie. Ich richtete eine Taschenlampe auf sie in dem sicheren Gefühl, dass sie nicht mehr war. Sie sah staubig aus. Ich ließ etwas Wasser und einen Kekskrümel hineinfallen – auf einem früherer Krümel lag ein feiner Schimmelfilm – und sprach ihr aufmunternd zu. Und da bewegte sie sich. Mich interessierten ihre Beinenden, die sich, so dachte ich, von all dem Klettern über Sand und Steinchen doch abnutzen mussten. Sie hatte gelernt, sich gegen das Plastik zu stützen, wenn sie eine Ameisenleiche eine Steigung hinaufmanövrierte. Ameisenleichen herumschaffen war zu ihrem Lebensinhalt geworden.

Und dann starb sie doch noch, wie jede Ameise einmal. Aber ich behielt ihre Farm, die Hinterlassenschaft der Tunnels und Friedhöfe, die sie vollkommen umgebaut hatte, nachdem sie zur einzigen Vertreterin ihrer Zivilisation geworden war. Zwei Jahre lang stand sie auf einem Tisch in meinem Büro. Als wir umzogen, packte ich sie, sorgsam in weißes Packpapier geschlagen, in einen Karton. Aber ich war nicht besonders überrascht, als ich sie auspackte und sah, dass alle Tunnel weg waren – die Ameisenfarm war nur noch loser Sand mit einigen Schmutzfleckchen darin.

31

Guten Morgen, liebe Jungen und Mädchen, es ist 5.25 Uhr. Es sieht so aus, als würden nur noch einige wenige Streichhölzer in der kleinen roten Schachtel herumrutschen. Ich riss eines der verbliebenen an, und es brach ab. Als Folge des Bruchs muss der Streichholzkopf näher als sonst an meiner Nase gewesen sein, sodass mir, als die Flamme herausschoss, wie immer seitlich, bevor sich die Tränenform bilden kann, jäh ein scharfer Geruch in die Nase stieg, von dem ich den Kopf zurückwarf, der Geruch einer neuen Flamme. Er war genauso scharf, wie wenn Kohlendioxid aus einem Schluck Limonade zufällig in die Nebenhöhle gelangt und man mit dem Kopf wackelt. Ich zündete das Unterfeuer an und legte dann das verbrauchte und abgebrochene Streichholz auf zwei Viertelscheite – manchmal scheint ein Stückchen von etwas auf dem Feuer wie ein Köder zu wirken, es lockt die Goldfischflamme durch die Ritzen und um die Ecken herum an, wo die Splitter schwarz werden und glühend krumpeln.

Gestern machten Henry und ich in der Abenddämmerung einen Spaziergang durch den Wald, wo es Spuren von Kaninchen und Rehen gab, auch die Fußabdrücke kleiner

Vögel. Als es zu dunkel wurde, gingen wir zur Scheune zurück und gruben einen weiteren Tunnel in den Pflughaufen. Da es so häufig getaut und neu gefroren hat, hat der Schnee in dem Haufen einen guten Meter weiter eine körnige Konsistenz, und schließlich stößt man auf die jungfräuliche Substanz darunter: bläulich weiß und frisch-flaumig noch nach all den Wochen. Dann kam ein Wärme suchender Wind auf, und der klaute mir alle Wärme unter den Armen und um die Rippen. Aber als wir hineingingen, stand die Ente an der Hintertür und quakte unverhohlen nach warmem Wasser mit Futterkügelchen darin. Ich trug sie zum Entenhaus und machte es ihr darin gemütlich, dann breitete ich die Decke übers Dach, wobei ich eine Falte in die Ritze zwischen Dach und Seiten stopfte, damit sie es nachts ein wenig wärmer hatte.

Ich möchte mich der Welt annehmen. Manchmal denke ich an einen Helm mit zwei Plastikohrenklappen, die ich mir über die Ohren schwenke. Außen in den Ohrenklappen sind Löcher, die Notsignale von weit weg empfangen. Es ist, als hörte ich dem Ächzen und Fiepen der Wale zu – meistens übertönt ein Schrei die anderen, und durch Hinundherdrehen des Kopfes werden mir die Signale, die an beide Ohren dringen, zu Führern an den Ort des Verbrechens oder Elends. Natürlich kann ich fliegen.

Unterdessen werden, der Wurfsendung des Supermarktes zufolge, die ich gerade zerknüllt und in ein Feuerloch gestopft habe, kalifornische Jumbo-Navelorangen für neunundsiebzig Cent das Paar verkauft – was ich nicht schrecklich billig finde. Gestern Abend haben Claire und ich im Kabel-TV eine Biographie von James Taylor gesehen – was hat der Mann für eine Stimme –, und wir haben Rechnungen überwiesen, und nun haben wir einen unverlangt eingesandten Stoß zerrissener Umschläge und kleiner Werbebeilagen, die immer darin sind; die Uhren und die Koffer-Sets und Versicherungsangebote, die ein paar zusätzliche Dollar pro Monat ausmachen. Ich verbrenne einige der Umschläge, in denen Weihnachtskarten waren – nicht die Karten. Umschläge brennen gut, weil die Aufreißstellen das Feuer rasch annehmen. Claire fing vor zwei Jahren an, die meisten Rechnungen zu überweisen, nachdem wir von diesen höflichen Erinnerungen – «Wir alle vergessen mal etwas» –, die dann in «Ihr Konto ist deutlich überzogen» übergingen, eine zu viel bekommen hatten. Wenn man sie nicht aufmacht, weiß man nicht, ob sie sauer sind oder nicht. Die Kreditkartenfirmen lieben mich, wirklich, weil ich immer für eine Mahngebühr oder einen superhohen Zinssatz gut bin, aber dennoch meine Verpflichtungen erfülle. Und dennoch, wenn ich die Umschläge öffne und anfange zu bezahlen, habe ich Freude daran, und immer noch bezahle ich einige der Kundenkreditkonten, die auch Bearbeitungsgebühren auflisten. Auch die Marken klebe ich drauf. Vermutlich wird sich die allgemeine Praxis bald ändern und elektronisch werden, so wie wir jetzt nicht mehr unsere stornierten Schecks zurückbekommen, sondern kleine gescannte Bilder unserer Schecks. Aber wie schön ist es, all die Hochglanzanlagen ausgesondert und alles auf das Wesentliche reduziert zu haben: den Zahlungsabschnitt, abgerissen, und den handgeschriebenen Scheck und den Rückumschlag und die Briefmarke. Dann streicht man glättend über den kleinen Stapel bezahlter Rechnungen, alle in Umschlägen von leicht unterschiedlichem Format, und sieht die Adressen durch die Fenster lugen, und es ist gut. Manche

Rechnungssteller wie die Bank, bei der wir die Hypothek haben, hält nicht viel davon, Rückumschläge beizulegen, da müssen wir dann selbst neue, eigene bereitstellen.

Eine Abfolge von Tagen ist wie eine Schachtel neuer Umschläge. Jeder Umschlag ist dünn und kann als zweidimensional betrachtet werden. Wenn man aber alle Umschläge in der Schachtel auf einmal herauszieht, ist in deren Mitte eine harte Stelle – ein dicker Klumpen –, was man bei Umschlägen nicht erwarten würde. Der Klumpen wird von der Kreuzung der vier Dreiecke in der Mitte des Rückens gebildet. Fast überall hat der Umschlag nur zwei Lagen Papier, aber an der Stelle, wo man die Verschlussklappe anleckt, sind es drei – die Vorderseite, die untere Kante und die gummierte Kante. Und mitten auf der Rückseite ist eine Stelle, manchmal auch zwei, mit einer weiteren Überlappung, und es fühlt sich an, als müssten die Umschläge etwas recht Hartes oder gar Scharfes enthalten – aber natürlich sind sie leer. Das fällt einem auf, wenn man Dankesbriefe für Hochzeitsgeschenke schreibt oder Weihnachtskarten verschickt oder wenn man eine neue Schachtel mit Umschlägen gekauft hat und man ihre Kanten durch das klare Fenster sieht und man sie zusammendrücken will, da Umschläge ja so federnd zusammendrückbar sind – und wenn man sie dann umfasst und zudrückt, spürt man den Nugget, das Etwas, das nicht in den Umschlägen ist, sondern aus den Umschlägen besteht. Ich würde fast sagen, dass darin, in diesem enthüllten Kern, eine Andeutung vom Sinn des Lebens steckt. Genauso fühlen sie sich an, diese harten Stellen – wie kleine Popcorn- oder Apfelkerne.

32

Guten Morgen, es ist 5.15 Uhr. – Während ich Feuer machte, bemerkte ich einen warmen Schein, der durch eines der Fenster drang. Ich glaubte, in einem anderen Teil des Hauses müsse Licht brennen, doch der Winkel stimmte nicht. Ich ging ans Fenster und sah, dass die Innenbeleuchtung des Vans an war. Es sah ganz gemütlich aus. Aber ich wollte keine leere Batterie zwei Stunden später, also holte ich im Dunkeln meinen Mantel, schlüpfte in ein Paar kalte Stiefel, die auf der Veranda standen, und knirschte hinaus.

Es war kalt und sternklar, und es wehte. Ich war schockiert, wie kalt es war. Ich glaube, mitten im Winter morgens um halb fünf war ich noch nie draußen, außer vielleicht, um in ein Taxi zu springen, um zum Flughafen zu fahren. Ich öffnete die Heckklappe des Wagens und schloss sie wieder – ein Innenlicht ging gleich aus, dann demonstrierte die Kuppelleuchte vorn ihr langsames Ausblenden, was Autoingenieure für eine Verbesserung halten. Gut. Nur um sicherzugehen, dass die Batterie in Ordnung war, langte ich hinein und drehte die Zündung: Das Radio ging an und spielte laut Brahms. Ich zog den Schlüssel wieder heraus und war mit dem Wagen fertig. Aber dann blieb ich noch einen Augenblick so stehen und spürte die Weite und Unpersönlichkeit der Kälte. Mich erstaunte der Gedanke, dass die Menschen meinten, an diesem dunklen, unwirtlichen Ort überdauern zu können. Wenn ich ausrutschte und stürzte und mich nicht mehr bewegen konnte, wäre das mein Tod. Und dennoch brachte die Ente da unter ihrer Hülle die Nacht doch ganz gut hinter sich und war bereit, sobald ich herauskam, in dem warmen Wasser ihres Fressnapfs herumzusuckeln. Ich hörte den Wind in den blattlosen Bäumen – kein hohes Zischen eines Laubwindes, nur das längere heulende Pfeifen, das die alten Äste machen.

Als ich mich zum Haus zurückwandte, sah ich noch ein Leuchten in einem Wohnzimmerfenster. Ich knirschte durch den Schnee den kleinen Hügel hinauf und spähte ins Wohnzimmer. «Nun sieh sich einer das an», sagte ich. Da war mein Feuer, orange wie nur etwas, und es sah so warm aus. Halb erwartete ich, mich da im Bademantel sitzen zu sehen, doch der Sessel war leer.

Jetzt bin ich wieder drin. Gerade habe ich mich vorgebeugt, um mich nach rechts wenden und den Griff meines Kaffeebechers greifen zu können; ich führte ihn in einem weiten Bogen um mich herum, und der Anblick dieser Bewegung in der glutroten Düsternis hatte etwas Schönes. Warum sind Dinge schön? Ich weiß es nicht. Das ist eine gute Frage. Ist es nicht angenhm, wenn man einem Menschen eine Frage stellt, einem Lehrer oder einem Redner, und er oder sie antwortet: Das ist eine gute Frage? Fühlt man sich nicht gut, wenn das passiert? Manchmal, wenn das Feuer ausgeht, wird es so schwarz, dass einem fast angst wird. Ich möchte das letzte Streichholz nicht verbrauchen. Letztlich wird ein Geknüll auflodern und zu Feuerwürmern niederbrennen. Dann wieder Dunkel und Kälte. Das mag ich an diesem Wohnzimmer: Wenn ich herunterkomme, ist es richtig kalt. Der Sessel fühlt sich kalt an, wenn ich mich setze. Wenn ich hier sitze und mit geschlossenen Augen atme, kann ich mich als drehenden Reifen denken, der über eine tiefe Stelle auf dem Weg hin und her schaukelt. Der Reifen will sich ein eigenes Grab drehen, dabei das Eis entsprechend seiner Form schmelzen, und man muss ihm helfen, diesen Wunsch zu überwinden. Man fährt die Steigung so weit hinauf, wie es geht, und dann, genau wenn der Wagen gewichtslos ist, klackt man das Getriebe in den Rückwärtsgang und benutzt die Rückwärtsfahrt in das selbst geschaffene Tal, um sich daraus hinauszuhelfen, und wenn es beim ersten Mal nicht klappt, schaukelt man noch einmal. Indem man den Wahlhebel zurück und vor stellt, von Rückwärts auf Vorwärts auf Rückwärts auf Vorwärts, und man allmählich den schwachen Hauch von heißem Gummi riecht, empfindet man dieselbe wilde Freude, die man empfand, als man schaukeln lernte und immer höher kam, ohne angeschoben zu werden. Eigentlich ist es noch besser, als auf einer Schaukel zu schaukeln, denn bei einer Schaukel kommt man nie ganz so hoch, dass die Schaukel ganz herum fliegt, aber wenn man in der Zufahrt stecken geblieben ist, erreicht man irgendwann den Punkt, an dem man nicht mehr an einen bestimmten harmonischen Mittelpunkt gebunden ist, und dann schwirrt man weiter zu seiner Besorgung, manchmal in einer leichten Diagonalen, da ein Rad besser schiebt als das andere.

33

Guten Morgen, es ist 4.49 Uhr, und das ist mein letztes Streichholz. Nachdem ich ein paar Papier- und Pappekanten angezündet habe, lasse ich das Streichholz auf die Falte eines Circuit City-Flyers fallen, wo es bestimmt seinen kleinen Beitrag leisten wird.

Was ist das Beste, woran ich genau in dieser Sekunde denken kann? Das Beste. Mal sehen. Also gut. Also, einmal fuhren Claire und ich zum Strand, und Claire zeigte auf ein Stoppschild, das an einem Feld stand. «Dunst», sagte sie. Die frühe Sonne heizte die Reflektiersubstanz auf der einen Seite des Schilds auf und verdampfte den Tau oder Nachtregen, der daran haftete. Morgendunst, der vom Stoppschild vor einem Feld aufsteigt: das wäre eines. Hier noch eins. Claire und ich saßen auf dem Sofa. Das war vor sieben Jahren. Ich arbeitete ein wenig, sie las ein Taschenbuch und gab unserem kleinen Sohn die Brust. «Ich habe eine neue Methode umzublättern», sagte sie. Ich sah hin. Einer ihrer Arme hielt Henry und war somit außer Gefecht. Der andere hielt das Taschenbuch gespreizt offen. Als es so weit war, setzte sie die Zungenspitze auf die untere rechte Ecke der rechten Seite. Die Spitze hielt das Papier fest, und indem sie den Kopf nach links drehte, machte sie, dass die Seite glitt und sich wölbte, woraufhin der Daumen daruntertauchte und sie so zum kleinen Finger auf der anderen Seite schicken konnte. Also, wenn Claire mit der Zunge umblättert: das ist auch eines.

Wissen Sie, was ich, glaube ich, jetzt mache? Ich glaube, ich krieche ins Bett zurück, sehr vorsichtig, damit ich nicht zu sehr wackle, ziehe die Decke über mich, entspanne alle Muskeln und schlafe noch ein Weilchen neben ihr und stehe dann zu einer normalen Zeit auf.

Ich warf mein Apfelkernhaus ins Feuer, und dann, ein nachträglicher Einfall, steckte ich die leere Streichholzschachtel in einen Hügel aus orangen Stückchen von der Größe von Zuckerwürfeln, die von einem Scheit abgefallen waren. Sie fing sogleich Feuer und brannte mit einer großzügigen gelben Flamme. Binnen einer halben Minute hatte sie sich zu einer Aschenrolle gekrümmt, dann war das Feuer wieder orange. Ich war fertig.

Nicholson Baker

ROLLTREPPE
ODER
DIE HERKUNFT DER DINGE

Roman
Deutsch von Eike Schönfeld
224 S. rororo Band 13300

Trinkhalme, Schnürsenkel und Händetrockner sind einige der Helden in diesem großartigen Buch.

«Der Rezensent, angelangt auf der letzten Seite, bedauert, dass der Roman so schnell zu Ende ist. Denn er hat schon lange kein so souverän erzähltes, so hinterlistig schlaues Buch mehr gelesen.»
Süddeutsche Zeitung

Rowohlt

Nicholson Baker

ZIMMERTEMPERATUR

Roman
Deutsch von Eike Schönfeld
160 S. rororo Band 13649

Mike gibt seiner kleinen Tochter Floh das Fläschchen und wiegt sie, bis sie eingeschlafen ist.

«Nicholson Baker hat eine wunderbar stimmige Wunschmaschine gebaut, in der die Offenbarungen des Babyorganismus sich in den Kapriolen des Männerkopfes fortsetzen; in der das Schaukeln, das Atmen und das repulsive Erinnern verschmelzen; in der nichts schief gehen kann und die vor allen Dingen – Glück produziert.»

DIE ZEIT

«Ein kleines Meisterwerk, ein filigranes Stück Kammermusik.»

Süddeutsche Zeitung

Rowohlt

Nicholson Baker

U & I – WIE GROSS SIND DIE GEDANKEN?

Deutsch von Eike Schönfeld
464 S. rororo Band 22592

Ob der Autor in diesen Essays über seine Verehrung von John Updike philosophiert oder das scheue Wesen der Gedanken erforscht – stets erweist er sich als «erbarmungslos amüsanter Philosoph des Materiellen und untergründiger Soziologe der Verhaltensformen». *Frankfurter Allgemeine Zeitung*

«Der im deutschsprachigen Raum vorbildlose Text, hoch komplex, gnadenlos selbstbezüglich und dennoch souverän plaudernd und schreiend komisch, kommt mühelos daher, die fisselige lexische Präzision und die ungeheure gedankliche Verschlungenheit werden in klarer Nonchalance gelöst.»
DIE ZEIT

Rowohlt

Nicholson Baker

VOX

Roman
Deutsch von Eike Schönfeld
192 S. rororo Band 13467

Zwei Menschen telefonieren bis tief in die Nacht, gestehen sich ihre intimsten Träume, Wünsche und Phantasien.

«Nicholson Bakers meisterhafte Telefonsex-Novelle» (*Stern*) «ist kein Buch über den Verfall der Lust, sondern ein fulminantes Kabinettstück voller kleiner Lüste und Erregungen, eine Verführung zum elektronischen Sex».

Rowohlt

Nicholson Baker

DIE FERMATE

Roman
Deutsch von Eike Schönfeld
400 S. rororo Band 13741

Arno Strine hat eine besondere Begabung: durch ein Fingerschnippen kann er die Zeit anhalten. Und während alles um ihn herum stillsteht, lebt er seine erotischen Phantasien aus.

«Jedermann, jedefrau, wird einem gern versichert, sei nach dem Genuss von Pornographie traurig. ‹Die Fermate› kann gar nicht arg pornographisch sein, so heiter ist das Buch. Wir könnten uns sogar Kafka damit als glücklichen Menschen vorstellen.»

DIE ZEIT

Rowohlt

Nicholson Baker

NORYS STORYS

Roman
Deutsch von Eike Schönfeld
320 S. gebunden und als rororo Band 22998

Nichts macht der neun Jahre alten Nory mehr Spaß, als Geschichten zu erfinden. Kein Wunder, schreibt ihr Dad doch Bücher, die den Menschen beim Einschlafen helfen ...

«Man kann Nicholson Baker nicht genug für die Beharrlichkeit und List rühmen, die er beim Verteidigen der Bastionen des heiteren Erzählens an den Tag legt.»

Frankfurter Allgemeine Zeitung

Rowohlt